LA BÉNÉDICTION INATTENDUE

DU MÊME AUTEUR CHEZ ACTES SUD

La Piscine, 1995.
Les Abeilles, 1995.
La Grossesse, 1997.
La Piscine / Les Abeilles / La Grossesse, Babel n° 351, 1998.
Le Réfectoire un soir et une piscine sous la pluie suivi de *Un thé qui ne refroidit pas*, 1998.
L'Annulaire, 1999 ; Babel n° 442, 2000.
Hôtel Iris, 2000 ; Babel n° 531, 2002.
Parfum de glace, 2002 ; Babel n° 643, 2004.
Une parfaite chambre de malade suivi de *La Désagrégation du papillon*, 2003 ; Babel n° 704, 2005.
Le Musée du silence, 2003 ; Babel n° 680, 2005.
La Petite Pièce hexagonale, 2004 ; Babel n° 800, 2007.
Tristes revanches, 2004 ; Babel n° 919, 2008.
Amours en marge, 2005 ; Babel n° 946, 2009.
La Formule préférée du professeur, coéd. Leméac, 2005 ; Babel n° 860, 2008.
La Bénédiction inattendue, 2007.
Les Paupières, 2007 ; Babel n° 982, 2009.
La Marche de Mina, 2008 ; Babel n° 1044, 2011.
Œuvres, tome 1, coll. "Thesaurus", 2009.
La Mer, coéd. Leméac, 2009.
Cristallisation secrète, coéd. Leméac, 2009.
Les Tendres Plaintes, 2010.
Manuscrit zéro, 2011.
Les Lectures des otages, coéd. Leméac, 2012.

Titre original :
Guzen no shukufuku
Editeur original :
Kadokawa Shoten Publishing Co., Ltd., Tokyo

ISBN 978-2-330-00646-4

YOKO OGAWA

LA BÉNÉDICTION INATTENDUE

récits traduits du japonais
par Rose-Marie Makino-Fayolle

BABEL

LE ROYAUME DES DISPARUS

En pleine nuit, lorsque je suis en train d'écrire mes romans dans ma chambre qui est aussi mon bureau, il m'arrive parfois de me trouver incroyablement arrogante, stupide et ridicule. Vers la fin de l'hiver ou au début du printemps. Le poêle à mazout est placé près de ma table, mais il n'est plus allumé. Tout est calme de l'autre côté des fenêtres, on n'entend aucun bruit, et le ciel est saturé d'obscurité.

Cela m'arrive brusquement, sans aucun signe avant-coureur, comme une crise d'asthme. Cela n'a aucun rapport avec un manque d'inspiration ou un blocage alors que le délai de remise de mon manuscrit approche. Parce que je sais bien que je ne suis pas douée pour écrire des romans.

Quelle vulgaire imbécile je fais, quelle prétentieuse inculte, quelle étourdie sans principes ! J'ai blessé beaucoup de gens, je les ai lassés, j'ai trahi leurs espoirs, j'ai commis des échecs irréparables. En fin de compte, certains ont disparu sans rien dire avec beaucoup de discrétion, tandis que d'autres m'ont laissée après m'avoir décoché une dernière flèche sans chercher à dissimuler leur regard méprisant et ne se sont plus jamais manifestés.

Le monde entier me tourne le dos. Personne ne m'aime. Personne ne lit mes romans...

Je pose mon stylo, et après avoir vérifié que l'encre est sèche, je rassemble mes feuillets et range le tout dans mon tiroir.

J'entends la respiration régulière de mon fils dans son lit de bébé. Son seul ami, un escargot en peluche, a fait la culbute à son chevet, et l'un de ses tentacules est tordu. Un peu de purée de potiron est collée à l'intérieur de sa coquille, qui a dû tomber tout à l'heure quand je lui ai donné son petit pot.

Apollo, ah oui, Apollo, il dort lui aussi. Seul le bout de son museau est sous le lit tandis que son derrière tout rond est tourné vers moi, dans la posture qu'il adopte toujours pour dormir.

Je pose ma main sur son dos. C'est doux et tiède. Il continue à dormir sans rien savoir, sans même remuer le bout de la queue. Et je me rends compte que cette respiration, que je croyais celle de mon fils, est en fait celle d'Apollo.

Alors que tout à l'heure encore j'étais en train d'écrire un roman, je ne me souviens déjà plus de l'histoire. Les doigts qui serraient mon stylo à moitié enfouis dans le poil beige d'Apollo, je me demande avec angoisse ce que je vais faire si cette crise ne passe pas.

Qu'il s'agisse d'une longue histoire de mille ou deux mille feuillets que je passerais des heures, pendant plusieurs années, à écrire petit à petit, ou d'une miniature de quelques pages qui pourrait tenir dans le creux de la main, le roman m'évoque une forêt. Les arbres y sont si serrés qu'aucune lumière n'y accède, la forêt si profonde que, en dehors de mes pas foulant la terre humide, on n'y entend pas le moindre gazouillis. Je m'aventure craintivement vers le fond de la forêt en grelottant, en écartant les feuilles piquantes, les branches pourries et les lianes entrelacées.

Si j'arrive à traverser ces buissons, je verrai peut-être le soleil ; si je franchis cet escarpement, je trouverai peut-être un lac d'eau pure. C'est ainsi que je me console. Si j'arrive à me débrouiller dans ces terres marécageuses…

Et soudain, je tombe au fond d'une grotte. La roche à mes pieds est dure et instable, des gouttes d'eau froide tombent de la voûte. Il fait noir et je ne vois rien. Si je tends la main, le bout de mes doigts n'en finit pas d'être aspiré vers l'obscurité.

Dans ces moments-là, je pense au royaume des disparus.

“Le royaume des disparus.” Je murmure ces mots sans pouvoir réprimer l’angoisse qui m’étreint. Mais il n’y a pas d’erreur. Alors que j’étais à la recherche des mots de mon roman, dans un coin de la grotte, je me suis retrouvée à la recherche du royaume.

Le royaume où vivent les disparus qui, sans dire au revoir, sans regrets, se sont faufilés à travers un passage secret pour s’effacer de ce monde. Le royaume où le premier venu ne peut pénétrer aussi facilement.

C’est certainement un endroit débordant de lumière au bout de la steppe. Même un chewing-gum recraché par quelqu’un y dégage une bonne odeur. Le ciel est haut, la brise souffle doucement, on peut avancer et avancer encore, il n’y a pas de fin.

De temps à autre des gens s’agitent à la recherche du passage secret, mais la plupart du temps, ils en sont quittes pour leur peine. Car les habitants du royaume sont les seuls à le connaître et n’en repartent jamais.

Je pense que cette grotte y conduit peut-être. Je suis à deux doigts d’y être. En tendant l’oreille avec un peu plus d’attention, je devrais entendre le bruit du vent dans le royaume.

C'est à l'âge de neuf ans que j'ai compris pour la première fois de ma vie la signification du mot disparition. C'est la fille d'un marchand de tapis de mon quartier qui me l'a expliqué.

— Mon oncle qui est parti acheter des agneaux dans le désert de Takla-Makan, il ne revient pas, tu sais. Il a disparu, vois-tu.

Comme son ton était maniéré mais aussi vaniteux, je ne m'étais pas appesantie sur la gravité de la situation dans laquelle se trouvait sa famille. Le nom aux résonances étranges de ce désert avait plutôt stimulé mon imagination romantique.

— Ce désert de je ne sais quoi, il est où ? questionnai-je.

— Au fin fond de la Chine. Tellement loin qu'il va presque jusqu'en Afghanistan.

Nous étions de la même année, mais elle avait un trou dans le cœur et n'allait pas à l'école. Elle ne sortait pratiquement jamais de chez elle sauf pour ses visites à l'hôpital, et pour quelqu'un qui vivait confiné à la maison, elle avait une connaissance surprenante des choses du monde.

Elle débitait les mots difficiles, sans donner d'explications jusqu'à ce que je lui en demande, mais dès que je lui soumettais une question, elle en profitait pour déployer de nouvelles connaissances, l'air de dire que j'étais vraiment une bonne à rien.

— Qu'est-ce qu'il voulait faire, ton oncle, en achetant des moutons ?

— Quelle idiote ! Comment crois-tu qu'on fait les tapis ? D'ailleurs, ce ne sont pas de simples moutons. Il faut la laine qui pousse sur les flancs des agneaux qui vivent sur les hauts plateaux. Parce qu'elle est imprégnée de suint et qu'elle est souple et brillante. Les tapis de chez nous sont tous de la meilleure qualité, tu sais.

— Mais tu crois que des moutons peuvent vivre dans le désert ?

— Ce ne serait pas plus normal de me demander d'abord comment mon oncle a disparu ?

Elle donna une chiquenaude au dos d'un tapis roulé appuyé contre le mur. La poussière s'éleva dans le rai de lumière qui pénétrait par la lucarne. Un peu décontenancée, je m'excusai sans savoir en quoi ma question était impolie. En réalité, je n'avais pas très bien compris la signification du mot disparition.

Nous étions dans la réserve qui se trouvait derrière le magasin, où étaient entreposés des tas de tapis. Il y en avait de toutes sortes : à longs poils, avec des franges, des motifs géométriques, des taches. Il y avait des toiles d'araignées au plafond, le sol grinçait désagréablement et l'air était saturé de poussière au point d'être irrespirable.

— Papa est parti à sa recherche, mais je crois qu'il n'a pas beaucoup de pistes. C'est quand même le désert de Takla-Makan, alors tu sais, soupira-t-elle.

J'acquiesçai précautionneusement pour ne pas la froisser.

En fait, les adultes nous avaient interdit d'entrer dans cette réserve où nous tenions souvent nos réunions secrètes. Peut-être craignaient-ils pour son cœur la nocivité de cet air lourd et glacé ? Mais la pénombre ambiante faisait que cet endroit lui ressemblait plus que tout autre.

A cause du trou de son cœur, sa peau était translucide comme un cachet, au point qu'on avait l'impression qu'elle se mettrait à fondre si on la touchait imprudemment du bout des doigts humides. Alors qu'elle avait tout juste la taille d'une enfant de six ans, une impression de vieillesse se dessinait autour de ses yeux, sur son front et ses pommettes, et ce déséquilibre nichait un peu partout sur son corps.

Mais le plus frappant, c'étaient ses lèvres. Elles étaient si minces, lisses et d'une pâle couleur violette qu'on avait du mal à croire qu'elles pouvaient prononcer des mots aussi difficiles.

J'aimais les voir remuer dans la pénombre de la réserve.

— Mon oncle se procurait toujours des laines supérieures, tu sais. Il voyageait dans le monde entier à la recherche d'agneaux. Il était capable de savoir instantanément si leur laine pouvait faire ou non de beaux tapis. D'une caresse sur la poitrine du mouton. C'était un oncle fort et doux. Bien sûr, je suis triste moi aussi.

Elle avait posé le menton sur ses genoux serrés entre ses bras. Sous cet angle, ses lèvres me paraissaient encore plus proches.

— Tu sais, je ne le dis qu'à toi, mais quelque part dans mon cœur je suis soulagée. Tu ne me méprises pas, hein ?

— Bien sûr que non.

Je priais pour que l'angle de ses lèvres ne se déplace pas.

— Je suis tellement soulagée à l'idée de ne plus être obligée de prendre ses horribles médicaments, tu sais.

Je savais que son oncle lui envoyait de toutes sortes de destinations de grandes quantités de médicaments douteux réputés bons pour le cœur. Des remèdes aux formes et aux odeurs variées, allant des noix, des racines, des écorces et des champignons au scorpion conservé dans de l'huile, au testicule de dauphin ou au placenta de babouin. Elle faisait semblant de les prendre et les jetait souvent sous le plancher de la réserve. L'infusion de corne de rhinocéros avait coulé entre les lattes, l'œil de phoque séché s'était retrouvé enfoncé dans un nœud du bois.

— La veille de sa disparition, il paraît que mon oncle, qui s'était procuré la laine de quinze agneaux, était de très bonne humeur. Il les avait tous dépouillés lui-même et il devait rentrer et les rapporter à la maison dès que le sang aurait séché. Mais il a appris que des agneaux de la meilleure qualité étaient nés dans une autre tribu de nomades, et il en a eu envie.

Elle arrondit le dos et toussa. Les tapis dégageaient une odeur de bête sauvage et même moi j'avais des difficultés à respirer si je restais trop longtemps dans la réserve. Maïs c'était peut-être dû à l'odeur des remèdes rejetés.

— Tous les tapis qui se trouvent là ont été faits avec des agneaux tués par mon oncle. Il était réputé comme écorcheur. Il ne se contentait pas de tondre la laine, sa façon de faire était de les dépouiller. Parce que comme ça, la laine est plus soyeuse et se conserve mieux. Il ne les faisait pas souffrir, tu sais. Les moutons se retrouvaient tout nus avant d'avoir eu le temps de se demander ce qui leur arrivait. Tiens ? se disaient-ils et ils se retrouvaient au ciel. Il plantait son couteau dans leur front et leur fendait le dos d'un seul coup. Tout en faisant attention à ne pas abîmer les flancs et la poitrine si précieux, mais hardiment, il les dépouillait à grands coups qui déchiraient l'air.

Ses lèvres violet pâle remuaient beaucoup. Le soleil baissait, et l'inclinaison du rai de lumière changeait. Les tapis roulés qui nous surplombaient, pressés les uns contre les autres, nous retenaient prisonnières.

— Pour dépouiller de nouveaux agneaux, il s'est aventuré dans le désert de Takla-Makan. Droit vers l'horizon, sans carte, sans se retourner, avec seulement son couteau dans sa ceinture. Et il a disparu comme ça. En laissant les agneaux.

Ce fut ma première rencontre avec les disparus.

Je me demande combien il peut y avoir de disparus dans le monde. Selon quelle proportion dans une vie peut-on devenir ami avec quelqu'un qui compte un disparu parmi ses proches, ou connaître soi-même un disparu ?

Il m'arrive de me demander si je n'ai pas été choisie en particulier. Si je ne suis pas chargée par Dieu de remplir un certain rôle auprès d'eux.

Si je me retourne sur mon passé, je m'aperçois que les ombres des disparus ont toujours été à mes côtés. Ils m'accompagnent, se tenant parfois discrètement en retrait, parfois avec une telle force qu'ils me recouvrent tout entière. Leur ombre ne disparaît jamais. Même si elle peut s'éloigner momentanément, je me rends compte que la main d'un disparu vient soudain de m'effleurer l'épaule.

Après la fille du marchand de tapis, il y a eu le garçon obèse et gaucher assis à côté de moi en sixième année d'école primaire. Il avait perdu son grand-père.

Son grand-père était parti un jour chez le dentiste et n'en était jamais revenu.

Allongé sur le fauteuil, il avait enlevé son dentier, l'avait déposé sur la tablette, avait attendu son tour. Les gens du cabinet dentaire avaient témoigné de ce qu'il était comme d'habitude. Il était apparu à l'heure de son rendez-vous, avait échangé deux ou trois mots concernant le temps avec les personnes à l'accueil, puis, assis sur un fauteuil de la salle d'attente, avait lu une revue sur la pêche. Il était en sandales, avec ses vêtements ordinaires, et ne transportait pas de bagages pour aller loin.

— Ah, excusez-moi un instant, avait-il dit comme s'il se souvenait soudain de quelque chose.

Puisqu'il avait enlevé son dentier, sa prononciation n'était pas très claire, mais il paraît qu'il n'avait pas l'air grave.

Il avait détaché la bavette accrochée autour de son cou, quitté la salle de consultation en faisant claquer ses sandales d'intérieur. Et il n'avait plus jamais réapparu. Il n'avait laissé que son dentier derrière lui.

— Il a été fabriqué spécialement dans une matière nouvelle.

Le garçon me montrait le dentier. Celui-ci était exposé sur le manteau de la cheminée avec la pendule en bronze, les verres à champagne et un compotier argenté.

Les gencives étaient d'un rouge frais comme si elles étaient encore recouvertes de salive, les dents bien alignées d'un blanc opaque, et les fixations en or brillaient à la lumière.

Il le posa sur sa main gauche pour mieux me le faire voir. Sa main charnue constituait un socle parfait pour le recevoir.

Je pensais à la cavité buccale de son grand-père où l'appareil aurait dû se trouver. J'avais l'impression qu'il s'était peut-être égaré au fond de cette grotte obscure.

Quant à la responsable de l'infirmerie du collège, il s'agissait de son fiancé. Ils étaient en voyage à Vienne quand il avait soudainement disparu. Ils étaient revenus à l'hôtel après avoir visité la crypte de la cathédrale Saint-Stéphane lorsqu'ils avaient reçu un appel téléphonique du bureau de la crypte : ils avaient retrouvé son agenda et lui demandaient de venir le chercher.

Son fiancé était sorti sans prendre son passeport, la laissant sur ces mots :

— Je reviens tout de suite.

— Quand j'ai regardé dans ses bagages un peu plus tard, j'ai retrouvé son agenda. Il ne l'avait pas perdu. Le coup de téléphone de la crypte n'était même pas vrai, m'avait-elle raconté paisiblement, assise au chevet de mon lit à l'infirmerie.

Elle avait continué, intarissable, sur les dessins des cercueils de la famille des Habsbourg, le tas d'ossements des gens qui étaient morts de la peste ou les cloches de la cathédrale qui résonnaient au loin. A mes oreilles enfiévrées, son histoire avait eu des accents de conte de fées.

Tous ont disparu soudainement, résolument, sans raison. Pour les disparus, cela semblait la condition la plus importante. Et ceux qui avaient été abandonnés s'approchaient de moi, me racontaient au creux de l'oreille le récit de leur disparition, puis s'éloignaient sans un regret, sans écouter mes impressions.

C'est ainsi qu'au fond de mes oreilles, seul restait le récit, comme la laine des agneaux, le dentier ou l'agenda.

Bientôt, la fille du marchand de tapis subit une opération pour boucher le trou de son cœur. Etait-ce en liaison avec la disparition de son oncle ? le magasin ferma de plus en plus souvent, ce qui était entreposé dans la réserve fut emporté, et bientôt le rideau métallique resta baissé et l'enseigne fut enlevée. Toute la famille devait déménager dans une ville plus clémente.

Je ne sais pas si le trou fut correctement bouché, mais lorsqu'elle sortit de l'hôpital, le déséquilibre de son corps et la couleur de ses lèvres n'avaient pas changé.

— Tu as eu peur ? la questionnai-je.

— Eh bien, pas tant que ça, tu vois, me répondit-elle après un instant de réflexion.

Sa poitrine sifflait toujours autant, et elle toussait en arrondissant le dos comme avant.

Tous les tapis avaient disparu, l'intérieur de la réserve était vide. Et pourtant, l'odeur habituelle était toujours là.

— Quand est-ce que vous partez ?

— Demain matin très tôt, quand tout le monde dormira encore.

Des paquets de fils entremêlés s'enchevêtraient à nos pieds. La lumière de la lucarne était faible mais suffisante pour éclairer ses lèvres. Elles étaient si proches qu'il m'aurait suffi de tendre le bras pour les toucher, et leur pâle couleur violette se découpait sur l'obscurité.

— Dis… commençai-je, incapable de me retenir, tu ne voudrais pas me montrer ta cicatrice ?

Elle ne fut pas surprise, pas froissée non plus. Elle se contenta de me regarder de son air habituel signifiant que j'étais bonne à rien.

Sa poitrine se dénuda au fur et à mesure qu'elle déboutonnait son chemisier jaune à manches bouffantes. Misérable et sans défense. Les clavicules et les côtes ressortaient à intervalles réguliers, entre lesquels étaient enfouis ses mamelons rétractés.

La cicatrice partait de la naissance de la gorge, droit vers le bas, comme si on avait voulu la fendre en deux. La peau, rouge et boursouflée le long de l'incision, traçait les signes d'une sorte de message secret.

J'ai posé le doigt dessus, comme pour essayer de déchiffrer le message. Et j'ai pensé à son oncle qui avait disparu dans le désert de Takla-Makan. J'ai pensé aux agneaux partis au ciel avant d'avoir eu le temps de se rendre compte de ce qui leur arrivait. Si ça se trouve, c'était peut-être la trace du couteau que son oncle brandissait.

Je suis restée longtemps à faire aller et venir mes doigts sur sa poitrine. Le lendemain, elle était partie pour un endroit lointain.

J'avais dix-neuf ans lorsque le hasard de la disparition finit par aspirer l'un de mes proches. A cette époque, les récits de disparitions s'étaient déjà pas mal accumulés en moi, et comme la manière dont cela se déroulait pouvait aisément faire supposer que cette situation se présenterait un jour, je n'en fus pas tellement surprise.

La victime en fut ma tante du côté de mon père. En y réfléchissant maintenant, je pense qu'elle était peut-être la personne de notre famille la mieux placée pour disparaître. Mais on ne peut vraiment dire ça que maintenant qu'elle a disparu, ça ne signifie pas qu'il y ait eu des signes avant-coureurs. Elle n'a pas enfreint la règle. Elle a disparu d'une manière tout à fait soumise et légitime.

Au moment où j'ai commencé à comprendre ce qui se passait autour de moi, ma tante avait déjà perdu son mari et vivait seule dans une vieille maison en bois d'un étage. Il y avait beaucoup de pièces dans la maison, comme dans une auberge, et le jardin était vaste, si bien que mon frère et moi nous aimions beaucoup y jouer à cache-cache lorsque nous allions chez elle.

Notre tante était très âgée, au point que nous nous demandions avec inquiétude si elle n'allait pas mourir assez rapidement. Ses cheveux blancs étaient coupés au bol, elle était si maigre que ses tendons apparaissaient ici ou là sur son corps, et ne se séparait jamais de sa canne à poignée d'ivoire sculptée en forme de chouette.

Ce style resta inchangé jusqu'à sa disparition. On aurait dit qu'elle ne pouvait pas vieillir plus que ça.

On ne savait pas trop de quoi elle vivait. Elle devait avoir un petit quelque chose laissé par mon oncle, mais cela n'était sans doute pas suffisant pour une longue existence de veuve. Je sais qu'en réalité elle emportait souvent des kakemono, des poteries, des ménagères en argent et des peintures qu'elle échangeait contre des billets de banque.

Pas une seule fois elle n'a essayé de gagner sa vie. Elle n'a pas cherché non plus à prendre des locataires ou à construire des appartements dans son jardin. Elle se contentait de vivre en vendant certaines choses.

Pas seulement des choses, d'ailleurs. Je l'ai vue un jour vendre les carpes brocart de la pièce d'eau du jardin. C'était par un après-midi chaud de l'été. Mon petit frère et moi nous étions assis sur la galerie, où nous mangions la gelée au raisin qu'elle nous avait donnée pour le goûter. A nos côtés, elle observait la scène en secouant son éventail.

Etaient-ce des employés d'une compagnie de transport ou d'un négociant de carpes, quatre ou cinq jeunes gens en uniforme les avaient emportées l'une après l'autre avec des gestes expérimentés. Bien sûr, je connaissais l'existence de la pièce d'eau dans le jardin, mais pour être franche, jusqu'alors je ne m'étais pas aperçue qu'elle abritait autant de carpes, aussi belles en plus. Je n'avais jamais vu ma tante leur donner à manger, et comme la pièce d'eau avait des airs de marécage avec ses herbes aquatiques toutes gluantes qui flottaient en surface, cela nous dégoûtait, mon frère et moi, si bien que nous ne nous en approchions pas.

Ils avaient continué leur travail en silence. Deux hommes en cuissardes de caoutchouc étaient entrés dans l'eau où ils pêchaient les carpes une à une avec un grand filet. D'autres sur le bord les récupéraient dans des baquets et partaient en courant vers le portail. Où, debout sur le plateau d'une camionnette, un autre homme les plongeait dans un bac en polystyrène.

— Celle-ci c'est Nicolas, murmura ma tante, sans s'adresser à personne en particulier. Celle-là, Mattew, la suivante, Juliana.

— Elles ont un nom ? a demandé mon petit frère, la cuiller dans la bouche.

Elle a acquiescé comme pour dire bien sûr que oui.

— Celle qui a des taches, c'est Roger. L'autre qui a sa nageoire abîmée, Angela.

Lorsqu'elles étaient sorties de l'eau, les carpes se débattaient dans le filet avec de sonores claquements de lèvres. Les gouttelettes d'eau qui en jaillissaient étincelaient au soleil. La lumière éclatante se reflétait jusque sur les herbes aquatiques qui pendaient au bord de l'épuisette.

Quand elles étaient transférées dans le baquet, elles se débattaient encore plus violemment et l'on entendait se répercuter le choc de leurs nageoires contre le bois. Mais au moment même où elles étaient introduites dans le bac en polystyrène, le calme revenait. Je prenais de petites cuillerées de gelée car il ne m'en restait plus beaucoup.

— Euh... Béatrice... Sophie... Arthur.

Elle n'était pas triste de vendre ses carpes. Elle se contentait de leur dire adieu en prononçant leur nom.

— Pourquoi il n'y a que des noms étrangers ?

Quand mon frère a ouvert la bouche ça sentait le raisin.

— Parce que c'est plus facile de s'en souvenir, tu ne crois pas ?

Elle caressa le pommeau de sa canne, tandis que de l'autre main, elle continuait à s'éventer. Les plumes de la chouette s'humectèrent de transpiration.

A ce moment-là, découvrant son profil, je me rendis compte que ma tante était très belle. Ses yeux étaient enfoncés entre les rides, ses lèvres décolorées, et la racine de ses cheveux pulvérulente, mais en regardant mieux, on voyait la beauté dissimulée dessous.

— Combien il y en a en tout ? cria l'un des hommes en se tournant vers nous.

— C'est que je ne sais pas très bien, voyez-vous.

Elle agita sa canne.

Par l'entrebâillement de sa robe sans manches apparut une peau incroyablement blanche. Elle avait des cils longs et recourbés, et des iris noirs comme des cassis mouillés.

L'homme plongeait son filet dans tous les recoins de la pièce d'eau. La surface trouble était agitée de vagues. Mon petit frère raclait sa cuiller au fond de son pot de gelée pour la finir.

L'homme ne semblait pas vouloir renoncer. Il allait et venait dans l'eau comme s'il était persuadé qu'il en restait, cachées parmi les herbes. Mon frère et moi attendions sagement pour savoir quel serait le prochain nom. Mais aucune carpe ne se montra plus. Arthur avait été la dernière.

Nous avons dit au revoir à la camionnette en agitant la main. C'est ainsi que les carpes s'en sont allées.

La pièce d'eau, abandonnée à elle-même, devint un véritable marécage et bientôt, toute l'eau s'étant évaporée, il ne resta plus qu'une sinistre dépression.

A chaque enterrement ou fête familiale, en général, elle était présente. Mais on ne la voyait bavarder familièrement avec personne, pas même avec mon père.

Pour autant les relations avec elle n'étaient pas particulièrement difficiles, et tous ceux qui l'apercevaient avaient l'air de la connaître et la saluaient poliment et avec le sourire. Mais après, la conversation ne se poursuivait pas. Elle se contentait de tripoter sa canne, les yeux baissés, si bien que son interlocuteur finissait par prendre le large après une ou deux réflexions embarrassées du style "Eh, eh" ou "Bah".

Je me souviens de la silhouette de ma tante à un mariage dans la salle réservée à la famille, ou se tenant discrètement derrière une pierre tombale au cimetière. Sa coiffure au bol était un peu plus soignée que d'habitude, mais son kimono fatigué et la poudre grumeleuse sur son visage la faisaient paraître encore plus vieille.

Dès qu'elle trouvait un espace où ne gêner personne, elle s'y glissait, et sans se départir de son air affable, mangeait du bout des lèvres en s'excusant presque, les plats français comme la cuisine maigre. Personne ne lui adressait la parole. Personne ne faisait attention à elle.

— Aah, c'est la tante ? disait-on sans aller plus loin.

Mais ce qui la caractérisait avec le plus de force, c'étaient les sacs à vomi. Les poches glissées dans le filet au dos des sièges des avions. Elle en faisait collection. On peut même dire que c'était la seule joie de sa vie.

Je ne comprenais pas très bien en quoi ces sacs avaient du charme, mais elle avait sans aucun doute une collection extraordinaire. Il n'y avait rien à redire concernant la quantité, la diversité des modèles, leur classement ou leur état de conservation.

— Celui-ci, tu vois, si on tire sur le fil cousu à la machine, ça le referme hermétiquement. C'est bien pensé, tu ne trouves pas ? Tiens, regarde celui-là. Il est d'un joli bleu turquoise. La forme est simple, mais il n'y en a pas beaucoup qui ont des couleurs aussi vives.

J'étais à un âge où je ne jouais plus à cache-cache et où je passais de plus en plus de temps dans la chambre de ma tante. Celle-ci contenait toute sa collection.

Alors que sa maison possédait beaucoup de pièces vides, elle emportait tout dans sa chambre qui n'était pas si grande. On pouvait y manger des gâteaux en écoutant des disques, boire des jus de fruit et en même temps regarder les sacs à vomi.

Chaque poche était conservée dans son dossier transparent. Et elle était accompagnée d'une carte mentionnant la date d'acquisition, ses dimensions, le nom de la société qui l'avait fabriquée. Par exemple : 1972, envoyé par M, mon amie de l'école des filles, Swissair.

Les sacs qui lui plaisaient particulièrement étaient encadrés et accrochés aux murs. Elle déployait des trésors d'imagination, les assemblant dans un collage, ou les présentant recto verso l'un à côté de l'autre. Les sous-verres recouvraient presque tous les murs. D'après ses explications, ils étaient rigoureusement triés selon une classification systématique.

— Pourquoi as-tu eu envie de collectionner ça ?

Je n'avais pu m'empêcher de lui poser la question, tellement sa collection était complète.

— Eh bien, vois-tu… me répondit-elle avec un sourire non dissimulé comme si elle avait attendu ma question avec impatience, un jour, j'en ai ramassé un par terre.

Des lettres alphabétiques orange étaient imprimées sur un fond fleuri. C'était chic et il en émanait une odeur acidulée. J'ai trouvé cette petite poche adorable. Au départ, je ne me suis pas aperçue qu'il s'agissait d'un sac à vomi. Mais qu'est-ce qu'on en a à faire, après tout ? Ce n'est pas important.

Elle avait sorti tout exprès ce premier sac de son dossier transparent pour me le montrer. Elle le pinça entre ses doigts noueux qui tremblaient légèrement et le posa sur mes genoux. Les bords en étaient un peu usés et jaunis, mais il était encore très mignon.

Le plus intéressant à mes yeux n'étaient pas les sacs, mais les circonstances de leur acquisition inscrites sur les cartes qui les accompagnaient. Ma tante ne s'était procuré aucun de ces sacs en prenant elle-même l'avion. Pour la plupart ils avaient été offerts ou ramassés.

Cadeau du galeriste F parti s'approvisionner en Europe… Trois sacs reçus par la poste suite à une lettre de demande envoyée au service des relations publiques des lignes aériennes pakistanaises… Mademoiselle Y de la Qantas qui m'a envoyé tout ce qui était en sa possession, après un message publié dans un magazine spécialisé pour les hôtesses de l'air… Découvert dans une corbeille à papiers du hall d'arrivée de l'aéroport de Narita… Je ne me lassais pas de lire ces courtes lignes.

Elle ne se contentait pas de les rassembler et de les conserver, elle les emportait avec elle dans ses sorties. Selon l'endroit, le temps ou son humeur, elle en sélectionnait quelques-uns qu'elle glissait dans son sac à main. Bien sûr, je lui en avais demandé la raison. Je pense aujourd'hui que ma question était encore plus stupide que la précédente.

— Pour les utiliser bien sûr. Dans le train ou dans l'autobus, si je rencontre quelqu'un qui se sent mal, je lui en donne un, me répondit-elle.

J'ai oublié de lui demander s'ils avaient bien rempli leur rôle.

Bientôt, j'ai eu envie d'offrir à ma tante un superbe sac à vomi. L'occasion se présenta lorsque j'eus douze ans. Ayant gagné un concours de rédaction pour écoliers, je pris l'avion pour la première fois de ma vie afin d'assister à Tokyo à la remise des prix.

La première chose que je fis en arrivant à ma place fut de vérifier qu'il y avait bien un sac dans le filet devant moi. Il était beige, avec des dessins de nuages. Je n'en avais jamais vu des comme ça. J'en fus tout excitée.

Peu après le décollage, j'ai commencé à me sentir mal. Je ne faisais que bâiller, j'avais la gorge serrée, et je commençais à avoir des sueurs froides. J'avais les yeux rivés sur le sac devant moi, en me figurant le visage heureux de ma tante.

Finalement, je n'ai pas pu lui rapporter en cadeau. Je l'avais utilisé.

La situation financière de ma tante semblait de plus en plus précaire. Le rythme de sortie des choses de la maison se précipita. Lampe à vitraux, sculpture en bronze, service à thé chinois, manteau de fourrure, cabinet anglais, koto, bijou et boîte à bijoux, lit de la chambre d'amis…

Chaque fois que j'allais la voir, il y avait toujours une nouvelle cavité. Ces espaces vides ne cessaient de s'étendre avec une énergie telle qu'ils envahissaient toute la maison.

La collection de ma tante s'enrichissait d'autant. Les tiroirs où elle rangeait ses dossiers étaient pleins, il y en avait des piles sur le sol de sa chambre, et bientôt il devint difficile de trouver de l'espace où poser les pieds. Il n'y avait plus de place aux murs pour de nouveaux sous-verres, et c'était toute une histoire d'essayer d'en accrocher un peu plus en enfonçant des clous dans les tringles à rideaux ou les armoires. On aurait dit que les sacs à vomi étaient les seuls à s'opposer bravement à l'érosion de ces cavités.

La dernière fois que j'ai rencontré ma tante, c'était au cours des vacances de printemps précédant mon entrée en deuxième année à l'université, et cela faisait un an que je n'étais pas revenue à la maison. Quand je lui rendis visite, elle s'apprêtait à sortir pour aller vendre un vase à un antiquaire. Non, je crois plutôt que c'était un flacon à parfum. Quoi qu'il en soit, j'ai pris le train avec elle, qui tenait son vase ou son flacon à parfum, peu importe.

Près de la moitié des cerisiers poussant sur le talus de la voie ferrée étaient en fleurs. Le soleil nous chauffait le dos. Le train était presque vide, et tout le monde somnolait sauf nous.

— Un jour à peu près à cet âge-là j'ai failli être kidnappée, me dit-elle.

En face de nous, une petite fille faisait un somme, la tête appuyée sur l'épaule de sa mère.

— Nous étions allés au zoo en famille. C'était le jour de l'inauguration du premier parc zoologique de la ville.

Elle tenait précieusement son petit baluchon sur ses genoux, et de l'autre main, sa canne, comme d'habitude. Dans l'entrebâillement du tissu au niveau du nœud pointaient plusieurs sacs à vomi.

A chaque secousse du train, le bout de sa canne faisait du bruit.

— Papa était là aussi ? questionnai-je.

— Non. Cela s'est passé bien longtemps avant la naissance de ton père.

La petite fille portait des chaussures vernies à brides et un chapeau de couleur crème. Sous le bas de sa robe chemisier apparaissait sa culotte en tricot.

— Il y avait un monde fou. Je crois que c'était devant la cage aux panthères. Elles suivaient la grille de long en large, tout excitées. A force de les regarder, la tête m'a tourné, j'ai eu le vertige, et quand j'ai repris mes esprits, j'avais perdu de vue mes parents.

— Quel genre d'homme c'était, ce ravisseur ?

— Je ne m'en souviens pas, tu sais. Mais il n'avait pas l'air antipathique. Il avait de grandes mains rugueuses qui sentaient le menthol.

— Il voulait peut-être te vendre à un cirque ?

— Peut-être, oui. Mes parents ont eu peur, et ils m'ont cherchée désespérément partout. Ils ont fini par se poster à la sortie du zoo pour dévisager chaque enfant qui sortait. Et il paraît qu'ils m'ont retrouvée de justesse, dans les bras du ravisseur.

Les yeux de la chouette brillaient, polis par l'usage. Le train s'arrêta dans une gare, les portes automatiques s'ouvrirent. Personne ne descendit, personne ne monta non plus. La petite fille pleurnicha pour enlever son chapeau, mais elle replongea aussitôt dans le sommeil.

— Il paraît qu'il m'avait coupé mes tresses et habillée en garçon. Mon père s'est approché pour me reprendre, mais le ravisseur ne s'est pas laissé faire. Il soutenait que c'était son fils, tu sais. Mais comme il y avait plein de cheveux coupés sur mon encolure et que s'ajoutaient des bleus sur mes poignets, il n'a pas pu avoir le dernier mot.

Elle souriait en montrant ses taches aux poignets comme si elle plaignait le ravisseur. Puis elle reprit précautionneusement son baluchon.

J'aurais dû y penser à ce moment-là. La première fois que ma tante était allée au zoo, elle avait déjà mis un pied de l'autre côté. Elle était aimée du royaume des disparus.

Le vase ou le flacon à parfum, je ne sais plus, ne s'est pas vendu un bon prix. Mais elle n'en a pas paru affectée, et m'a offert un cacao et un gâteau à la fraise et à la chantilly dans le salon de thé voisin de l'antiquaire. Elle a même repris du gâteau.

J'ai reçu la nouvelle de la disparition de ma tante peu de temps après mon retour à l'université. Sa voisine avait trouvé curieux de voir s'entasser les journaux dans sa boîte aux lettres.

D'après les vérifications de mon père, la dernière personne qu'elle a rencontrée était un consultant fiscal d'âge mûr collectionneur de papiers d'emballage. Ils s'étaient connus dans le coin des lecteurs de magazines spécialisés et elle était allée chez lui pour échanger des sacs à vomi. Le consultant avait expliqué qu'il n'avait pas été question d'argent, qu'ils avaient été mutuellement satisfaits de leur échange et qu'ils s'étaient séparés avec cordialité.

— Elle m'a échangé le sac fabriqué spécialement pour les Jeux olympiques de Munich contre celui des Scandinavian Airlines dont le logo est imprimé à l'envers.

Finalement, on n'a jamais su où elle était allée en sortant de chez lui. Elle avait disparu, avec le sac à vomi des Scandinavian Airlines.

Blottie dans la grotte au milieu de la forêt, je me souviens du couteau imprégné de sang de mouton. Je pense à la cicatrice qui sépare la poitrine en deux, au dentier conservé sur le manteau de la cheminée, à la crypte de la cathédrale Saint-Stéphane. J'espère que les sacs à vomi de ma tante vont lui être utiles au royaume des disparus. Je fais revivre l'une après l'autre toutes sortes d'histoires racontées par les ombres des disparus.

Curieusement, ils me réconfortent. Alors que le royaume est certainement très loin, ils descendent en voltigeant à l'intérieur de la grotte et restent longtemps, avec beaucoup de patience, à mes côtés. Je sens leur respiration près de mes joues.

Je me redresse, je frotte mes vêtements pour enlever la terre. J'ouvre le tiroir, j'en sors des feuilles, j'enlève le capuchon de mon stylo et en pensant au royaume je me remets à écrire.

PLAGIAT

Mon premier roman accepté par une revue littéraire, mon premier roman qui m'a rapporté de l'argent, le premier roman de ma vie qui m'a offert une petite place rien qu'à moi dans ce monde sans but, était un plagiat.

Lorsque je m'en suis aperçue, curieusement je n'en ai pas été ébranlée. Ma fierté n'en a pas été blessée, pas plus que je ne me suis sentie coupable. Et pour couronner le tout, je n'ai même pas été effrayée à l'idée que le véritable auteur ne vienne faire du grabuge.

Au contraire, j'étais persuadée que ce roman avait été nécessaire pour me sauver, et que toute la miséricorde humaine comme le joyau le plus précieux n'y auraient rien changé. Le plagiat avait beau être réprouvé moralement (et peut-être même aussi légalement), j'avais l'impression que ma force de conviction triompherait sans peine de cette faute. J'étais bien plus effrayée à l'idée de ce qui aurait pu arriver si je ne m'étais pas livrée au mystère qui m'était tombé dessus par hasard...

A l'époque, je me trouvais dans une situation assez pénible. On peut même dire que j'étais au plus bas.

Avec le recul, je pense qu'il n'est pas nécessaire de parler avec légèreté de cet "au plus bas", mais à ce moment-là, j'en étais arrivée à la limite du supportable. Il aurait suffi d'un léger changement de direction du vent ou d'inclinaison de la lune pour me faire perdre pied et me précipiter dans l'abîme.

C'est la mort soudaine de mon frère cadet qui a été le commencement de tout. En rentrant des préparatifs de la kermesse de l'église, il avait été battu à mort par un groupe de jeunes délinquants. Dix jours après l'anniversaire de ses vingt et un ans. Pour une raison idiote : il les avait heurtés en les croisant, ou son regard leur avait déplu.

C'était un joueur de hand-ball qui avait même participé à des rencontres inter-lycées, dont les mains étaient déformées par les foulures aux doigts. A l'université, il s'était spécialisé dans l'histoire de l'art, et il travaillait dur car il espérait entrer en maîtrise. On le croyait enfermé dans sa chambre à jouer de la mandoline, alors qu'il avait déjà pris le train de nuit pour aller faire une sortie en montagne ; il charmait tout le monde avec son sourire timide, et il était je ne sais combien de fois plus aimé de nos parents que moi. Ce petit frère était mort, les yeux écrasés, les pommettes gonflées et bleuies.

Le jour de ses funérailles, en rentrant à la maison après cinq ans d'absence, j'avais trouvé mon père et ma mère extrêmement vieillis, peut-être plus du fait de toutes ces années écoulées qu'à cause du malheur qui avait frappé mon frère. Il avait été roué de coups au point qu'en le voyant, nous en avions eu la respiration coupée. Partager ainsi quelque chose était rare. Même s'il s'agissait de la mort, il ne faisait aucun doute que son existence avait été un lien pour nous trois.

Je nourrissais le vague espoir qu'à cette occasion je pourrais peut-être me réconcilier avec mes parents. Un très vague espoir. Mais je réalisai aussitôt à quel point j'avais été stupide.

— Il ne faut pas pleurer comme ça, tu sais.

Ma mère était assise à côté de moi et caressait mes cheveux trempés de larmes comme lorsque j'étais petite fille.

— Il est retourné auprès de Dieu.

Son autre main serrait sa Bible. Celle-ci faisait pratiquement partie de son corps. Le dessus avait gardé la marque de ses doigts et les fils de reliure suivaient ses mouvements avec souplesse.

— Nous l'avons rendu à Dieu, vois-tu. Il a été confié pendant peu de temps à maman.

— Pourquoi fallait-il le rendre ? Il avait tout l'avenir devant lui. Il n'a même pas vécu la moitié de ta vie, répliquai-je en attrapant sa main posée sur mes cheveux.

— C'est Dieu qui en a décidé ainsi. Le moment est venu de le remercier pour la joie que ton frère nous a donnée, répondit ma mère.

— Non. Je ne le remercierai pas. Finalement, en brandissant ton Dieu, tu ne fais que sauver les apparences. C'est toujours comme ça. Dieu, Dieu, Dieu. Je ne suis pas dupe, tu sais.

Tandis que nous parlions, les yeux de ma mère s'étaient remplis de larmes. A moins que la pâleur de son visage ne m'en eût donné l'impression.

— Mesdames et messieurs, le thé va vous être servi, veuillez me suivre dans le living...

C'était la voix de mon père. Les domestiques se déplaçaient avec fébrilité. On voyait dépasser le bord de la soutane d'un prêtre derrière la porte.

Pourquoi tout le monde devait-il prendre le thé ? Alors que quelqu'un d'aussi précieux venait de mourir. Combien de gens étaient présents qui souffraient autant ou même plus que moi ? A cette pensée je n'arrivais pas à tenir en place.

Ainsi me fut refusé mon mince espoir de réconciliation. Parce que j'avais attendu des souffrances de mon frère ce qui en était le plus indigne.

Ensuite, tout est allé de mal en pis. Juste après mon retour des funérailles, oubliant de fermer le robinet de la salle de bain, j'inondai l'appartement, dont je fus chassée. Ce fut une tâche difficile, dans la confusion où m'avait plongée la perte de mon frère, de payer des indemnités, trouver une nouvelle chambre et déménager. J'y épuisai toutes mes ressources financières et physiques.

Juste au moment où je commençais à souffler, mon ami qui travaillait dans le même centre hospitalier universitaire que moi fut arrêté, accusé d'avoir détourné l'argent du laboratoire. Il était chercheur assistant dans le service de chirurgie cardiovasculaire. Il avait ouvert un compte bancaire au nom du professeur, sur lequel il faisait verser par les compagnies pharmaceutiques des fonds destinés à la recherche. Il avait paraît-il accumulé de grosses dettes de jeu.

Pas une seule fois je ne m'en étais doutée. Il était toujours en train de laver ses tubes à essais, le dos rond, et me chuchotait à l'oreille que j'étais jolie, en tripotant nerveusement les poignets de sa blouse blanche. Dès le commencement de cette histoire, il avait disparu définitivement à mes yeux.

Comme des bruits couraient dans l'hôpital au sujet de notre liaison, il y eut des tas de médisances, comme quoi j'étais la femme qu'il avait entretenue avec cet argent, ce qui me poussa à démissionner. Je faisais un peu de tout au service des affaires générales, je n'avais aucun talent particulier, de sorte que je ne voyais pas ce que j'aurais pu retrouver comme travail.

En plus, le roman que je n'avais cessé d'écrire et réécrire pendant toute une année n'avait finalement été retenu par aucune maison d'édition. Toutes les lettres de refus se ressemblaient, comme si elles avaient été rédigées en concertation. Plusieurs lettres tapées à la machine m'étaient parvenues : "Malheureusement, ce que vous avez écrit ne correspond pas vraiment à la ligne éditoriale de notre magazine… Le mieux serait sans doute de l'envoyer à d'autres revues plus appropriées, nous vous prions de bien vouloir nous excuser…" D'ailleurs, ce n'était pas un fait exceptionnel, cela avait toujours été le cas.

Autour de moi, c'était comme si le tas de sable de l'horloge du temps s'écroulait peu à peu. J'avais même l'impression d'entendre les grains crisser les uns contre les autres.

Bien sûr, l'affaire du détournement de fonds et la perte de mon emploi ne furent que des épisodes insignifiants en regard de la mort de mon frère, mais ils m'infligèrent le coup de pied final alors que, affaiblie, j'étais déjà à terre. La douleur s'infiltra sous ma peau, courut le long de mes nerfs, et fut bientôt absorbée par la tristesse engendrée par la perte de mon frère. Là était l'endroit où tous les sentiments se rejoignaient.

Jamais je n'aurais cru que mon frère était à ce point l'épingle nécessaire à fixer mon existence. Après mon départ de la maison familiale, il avait continué à vivre avec nos parents. Il était resté collé à ma mère qui ne pouvait vivre autrement qu'en se réfugiant dans la prière, à mon père qui menait une double vie avec une autre femme.

Il m'était encore plus insupportable que le jour de sa mort eût été celui de la kermesse de l'église. Si au moins cela lui était arrivé en revenant d'un rendez-vous avec sa petite amie, me disais-je.

La cuisine de la paroisse où planait encore une odeur de vanille après la cuisson des cookies, les bidons d'huile de table, les serviettes, les chaussettes, les peluches pas très jolies et les autres objets de bric-à-brac, les étiquettes avec les prix inscrits à la main, les pièces récoltées dans de vieilles boîtes à savon métalliques… Toutes ces choses avaient servi de décor à la dernière journée de mon frère. Ma mère, habillée pour la circonstance, arrêtait n'importe quelle personne dont elle croisait le regard pour lui parler de l'amour de Dieu. A ses côtés, mon frère vendait les cookies à cinquante yens le sac.

Il avait assumé tout ce que j'avais rejeté et jusqu'à la fin n'avait rien abandonné. Alors qu'il aurait pu le faire n'importe quand s'il l'avait voulu.

Et maintenant, l'épingle s'était défaite. Elle avait lâché d'un coup, sans aucun signe avant-coureur, pour s'abîmer dans un marais sans fond.

Depuis que nos vies s'étaient éloignées, je n'avais pratiquement jamais eu l'occasion de revoir mon frère. Notre seul lien était constitué par mes romans. Dès que j'en terminais un, c'est à lui que je l'envoyais. Ce n'était qu'un paquet de mots maladroits qui ne pouvait être qualifié de roman, mais il ne manquait jamais de m'écrire ses réflexions.

Ses lettres étaient longues. Parfois si épaisses qu'elles faisaient s'ouvrir l'enveloppe. "Salut, grande sœur, comment vas-tu ?" commençait-il toujours.

Ses impressions n'étaient pas d'un genre convenu comme "c'était intéressant" ou "je n'ai pas trop bien compris". Il lisait tout de bout en bout, observait les détails, trouvait de nouvelles interprétations que je n'aurais jamais soupçonnées.

Son langage était à la fois logique et romantique. Une réflexion sur un chapitre lui rappelant de vieux souvenirs mettait en évidence la silhouette de mots cachés entre les lignes, d'où naissait bientôt un nouveau récit. Et cela donnait une œuvre bien meilleure que n'importe lequel de mes romans. A tel point que je pensais l'écrire pour en lire peut-être les récits qu'il m'en ferait.

Après sa mort, j'ai complètement cessé d'écrire. J'avais arrêté de travailler, je disposais donc de tout mon temps, mais j'avais beau étaler les feuillets devant moi, aucun caractère ne me venait à l'esprit. D'où avais-je tiré tous ces mots jusqu'alors ? De l'obscurité de mes paupières, de rêves faits la veille, de paysages de jours lointains, à moins que ce ne fût de la voix des morts ? Alors que je faisais de mon mieux pour essayer de m'en souvenir, cela ne marchait pas. Autour de moi ne s'étendait que le désert.

Ne pas pouvoir écrire me fit dépérir encore plus. J'étais dans le même état que si par inattention j'avais laissé tomber dans le sable la dernière gorgée d'eau contenue dans ma gourde. Après l'atterrissage forcé de mon avion, la radio ne répondait plus, mon corps cassé de partout ne pouvait plus bouger, la nourriture et l'eau étaient épuisées.

A l'horizon je ne voyais que des mirages. Et dans le miroitement de l'air, j'avais les yeux rivés sur mon frère qui vendait des cookies.

J'ai vécu plusieurs mois cloîtrée dans l'unique pièce de mon appartement, sans aller nulle part, le corps recroquevillé sous la couette. Je n'ai fait signe à personne. Je n'ai mangé que le strict minimum. L'argent dont je disposais a diminué rapidement et le jour n'était pas loin où je n'en aurais plus. Je ne faisais rien d'autre qu'observer mes pages blanches et pleurer.

Ce jour-là, je m'étais aventurée dehors pour aller discuter avec le propriétaire du règlement de mon loyer. A mon insu, le monde extérieur était maintenant illuminé par le soleil d'été. Je me rendais compte que je portais un cardigan de laine mais je n'avais pas la force de l'enlever et je marchais en transpirant. Le soleil était si éblouissant que la tête me tournait, et j'avais un peu mal au cœur.

Cela se passa au moment où je débouchais dans l'avenue de la gare après avoir tourné au coin du fleuriste. A l'instant où la sensation d'une présence me fit tourner la tête, il y eut comme un éclatement, et je sentis un choc puissant dans mon dos. Je vis un corps voler dans l'espace. J'en eus l'impression. Mon corps vêtu d'un cardigan élimé et chaussé de sandales s'envola en esquissant une belle courbe dans la lumière d'été. Je l'admirai comme si j'étais tombée par hasard sur un spectacle magnifique.

J'écopai d'une grave blessure nécessitant trois mois de convalescence. Une camionnette de boulangerie m'avait renversée avant de heurter un poteau électrique et de finir sa course dans la vitrine du fleuriste. Il paraît que j'étais allongée au milieu des fleurs multicolores et des baguettes de pain à peine sorties du four.

Aah, c'est donc ça le coup de grâce ? fut la première pensée qui me vint à l'esprit quand je repris connaissance à l'hôpital. Trop de tristesse suite à la séparation d'avec mon frère, trop de douleur de ne pas trouver les mots, et j'avais fini par mourir à mon tour.

Aux deux genoux, aux côtes, au menton et au poignet droit, j'avais en tout sept os cassés, plus une fracture du crâne, une fêlure à la hanche et douze points de suture au visage. Coincée au lit, je ne pouvais pas bouger. Il ne me restait qu'un tout petit peu de liberté de mouvement. Je n'eus pour visiteurs que le conducteur qui disait s'être endormi, le gérant de la boulangerie industrielle, et un officier de police. J'étais devenue à la lettre la rescapée d'un atterrissage forcé.

Sur la table de nuit était posé mon cardigan. Taché de boue et de sang, effiloché et troué ici ou là. Il avait été soigneusement replié, d'une manière exagérée par rapport à son aspect misérable.

Enfant, j'avais vu “Sans famille” au cinéma avec mon père. Le jeune Rémi, vendu à un saltimbanque, fait à pied le tour de la France avec un singe et des chiens. En chemin, ils sont pris dans une tempête de neige, ne trouvent pas à se loger, le singe meurt, et il lui arrive tout un tas de malheurs.

Chaque fois que sa situation est désespérée, une main secourable se tend vers lui. Un jour, c'est un jeune vagabond violoniste de génie, un autre jour, une dame riche naviguant sur un canal (en plus c'est sa véritable mère), qui se présentent devant lui pour le conduire vers des cieux plus cléments.

J'avais été enchantée par ces mystères inattendus qui descendaient en tourbillonnant sur l'écran. J'en éprouvai même un certain respect. Comme le mécanisme du destin gouvernant le monde était miséricordieux ! Il ne se désintéressait d'aucun malheur. Et même, plus le malheur était grand, plus il daignait préparer un hasard étincelant.

De quel genre était le hasard qui me serait accordé ? L'imaginer me faisait tressaillir de joie. Comme Rémi qui retrouvait sa mère belle et gentille, comme le petit prince Cédric qui héritait de son grand-père aristocrate, ou encore comme Judith Abbot qui épousait un monsieur beau, riche et aux longues jambes, ce qui m'attendait véritablement devait rester caché. Je supporterais tous les malheurs si c'était pour y arriver. Dans ce cinéma poussiéreux où il régnait une chaleur d'étuve, j'avais dix ans et je m'en étais fait la promesse.

On me déposa je ne sais combien de fois sur une civière pour me radiographier, me transporter en salle d'opération. Des gens en blouse blanche dont je ne connaissais pas le nom entraient et sortaient, se succédaient à mon chevet, observant l'intérieur de mon corps. Ils limaient mes os, enfonçaient un boulon, m'encourageant d'un "allez, encore un peu de patience".

Dans l'odeur de corne brûlée de la ponceuse électrique rabotant mes os je pensais souvent à "Sans famille". On aurait dit que les bouleversements causés à mon corps avaient détruit le mécanisme de mon tiroir à souvenirs, si bien qu'il n'en sortait plus que cet unique journée de cinéma.

Car je n'arrivais pas à me rappeler dans quelles circonstances j'avais été amenée à aller au cinéma seule avec mon père. Ce n'était pas l'habitude dans notre famille. Mon frère était déjà né, mais il avait dû rester à la maison parce qu'il était trop petit pour y aller. Ma mère avait sans doute des choses à faire à la paroisse.

— Un adulte et un enfant, avait dit mon père d'un ton bourru.

D'habitude, il était toujours accompagné de quelqu'un, sa secrétaire, son chauffeur ou la domestique, et je n'étais pas habituée à me retrouver seule avec lui. J'éprouvais à la fois la fraîcheur de la nouveauté et un peu de honte.

Il lui avait fallu du temps pour sortir de l'argent, ses gestes étaient maladroits. Un des tickets qu'il avait pris lui échappa et tomba en voltigeant au milieu de la file d'attente.

— Ah, zut ! s'écria-t-il avant de s'accroupir pour ramasser le ticket tombé sur le trottoir. Sans ticket, on ne peut pas entrer.

Et, l'ayant tapoté pour en enlever la poussière, il le glissa dans ma main et me le fit serrer fermement.

Ce fut la première et la dernière fois que je le vis rater quelque chose.

Alors qu'il n'y avait pas beaucoup de monde à l'intérieur, je ne sais pourquoi nous prîmes place en bordure du dernier rang. Le dossier du siège recouvert de tissu était déchiré, laissant sortir la mousse qui se trouvait dessous. Il me semble que l'odeur de la mousse ressemblait beaucoup à celle de l'os raboté.

Mon père m'acheta un sac de pop-corn.

— Je peux en manger autant que je veux ? Vraiment je peux ? demandai-je en insistant à deux reprises.

— Aah, bien sûr que oui, me répondit-il.

Quel que soit le goûter, ma mère le partageait équitablement entre mon frère et moi et ne nous laissait manger que ce qui se trouvait dans notre assiette. Il n'y en avait jamais suffisamment pour se sentir rassasié.

Heureuse, j'avais plongé la main dans le pop-corn et le brassais. Puis je ramassai discrètement plusieurs grains tombés sous le siège pour les manger à son insu.

Le plus curieux à mes yeux, c'est qu'il regarda le film avec passion. Il n'eut pas l'air de s'ennuyer, ne somnola pas non plus. Il laissa même échapper des soupirs de compassion au moment où Rémi quitte sa mère adoptive ou lorsque son maître meurt dans la neige. Et de temps à autre il tendait le bras au-dessus de mes genoux pour se remplir la bouche d'une poignée de pop-corn.

L'émotion de mon père me rendit heureuse. Voulant voir son visage attristé, dès que Rémi était confronté à de nouvelles difficultés, je jetais un regard sur le côté.

A ce moment-là, mon père avait déjà une autre femme dans sa vie. Lorsque je fus rentrée à la maison après le cinéma, la silhouette de mon père fut absente au dîner. La nuit, je fus malade d'avoir mangé trop de pop-corn.

En tenant mon ventre douloureux, je murmurai. C'est maintenant qu'allait entrer en scène un hasard rayonnant. C'est maintenant que moi aussi j'avais besoin du même rayon de lumière que celui qui venait secourir le jeune Rémi.

A ma sortie de l'hôpital, l'automne était presque terminé. Il soufflait un vent froid ce jour-là, si bien que même s'il était déchiré, mon cardigan me fut bien utile.

Grâce à l'indemnité versée par la direction de la boulangerie industrielle, j'avais pu régler mon loyer, et éviter ainsi de ne pas savoir où aller. Simplement, je ne pouvais pas me séparer de mes deux béquilles, tandis que la moitié inférieure de mon visage était prise dans une gouttière protectrice et qu'un corset à triple épaisseur emprisonnait mes hanches. Mes lunettes noires n'arrivaient pas à dissimuler entièrement les cicatrices sur mes joues.

Je dus fréquenter pendant un certain temps un hôpital spécialisé dans la rééducation. Je ne m'en apercevais pas encore, mais mon corps essayait petit à petit de redevenir comme avant. Chaque fois que j'arrivais à faire quelque chose dont j'étais incapable la veille, je prenais conscience de ne pas avoir réussi à rejoindre l'endroit où se trouvait mon frère.

C'est exactement à ce moment-là que je l'ai rencontrée. Dans le train qui m'emmenait à la rééducation.

— Il y a encore deux arrêts, vous savez, me fit-elle remarquer alors que j'essayais précipitamment de voir le nom de la gare, croyant m'être endormie.

Par quel hasard connaissait-elle le nom de la gare où je descendais ? Sur le moment, je trouvai cela curieux, mais je compris aussitôt. En me voyant dans cet état, n'importe qui aurait su que je me rendais à la rééducation. Mon genou gauche et mon poignet droit étaient plâtrés, mon menton pris dans une gouttière.

Lorsque je voulus me redresser sur la banquette, une secousse du train fit tomber ma béquille à mes pieds. Elle la ramassa et la mit dans ma main.

Son attitude avait été si élégante que j'en oubliai de la remercier. Son bras qui s'était tendu prestement et l'ondulation de l'ourlet de sa jupe évasée restaient gravés derrière mes paupières.

— Ça va ? me demanda-t-elle.

— Oui, merci… bredouillai-je pour toute réponse.

Alors que ce n'était pas d'aujourd'hui que je n'arrivais pas à bien parler à cause de ma minerve, à ce moment-là, je fus prise d'un sentiment encore plus pitoyable. Ma propre voix était absolument incompatible avec celle de cette femme qui avait à la fois du caractère et de la gentillesse, qui tout en ayant de l'autorité gardait sa réserve, et qui semblait descendue du ciel tout auréolée de lumière.

Mes lèvres ne s'ouvraient pas comme je l'aurais voulu, le plastique mordait mes joues, ma langue restait coincée au fond de ma gorge. J'avais beau faire le plus de manières possibles, je n'arrivais à produire qu'une voix de vieille femme à l'agonie.

— Moi aussi je vais à l'hôpital, dit-elle en me regardant avant de cligner lentement des yeux.

Les autres voyageurs affectaient l'indifférence. Personne ne me regardait, alors que ma silhouette et ma manière brusque de marcher sautaient forcément aux yeux. Depuis que j'avais été blessée, j'avais eu tout le temps d'étudier les différentes étapes par lesquelles passaient les gens avant de détourner le regard. Mais son attitude était différente. Elle n'essayait pas de dissimuler sa curiosité derrière la raison, pas plus qu'elle ne poussait de soupirs de compassion.

— Parce que mon jeune frère y est hospitalisé.

Le soleil d'hiver éclairait ses cheveux. Ils étaient longs jusqu'aux épaules et masquaient la moitié de son visage.

— De quoi souffre-t-il ?

Si je lui avais posé instinctivement la question tout en sachant qu'elle était indiscrète, c'était à cause du mot frère qu'elle avait prononcé.

— Il a le bras un peu abîmé. J'ai pris l'habitude d'aller lui rendre visite le mardi.

Frère… Je murmurai le mot avec ma langue recroquevillée. Cela ferait bientôt neuf mois que le mien était mort.

Le monde qui m'entourait n'avançait pas. Tout ne faisait que reculer. Une source de chagrin avait fait son apparition en moi. Elle était profonde et opaque, glacée à engourdir le corps. Quoi que je fasse, à tout moment je pouvais m'immerger dedans. M'appuyant sur ma béquille j'arrivais au bord en chancelant et, avec mes plâtres et mes bandages, je m'y précipitais tête la première.

Là, je pouvais m'affliger autant que je voulais. Personne ne me dérangeait.

Si je n'enlevais pas ma minerve alors que les os de mon menton s'étaient ressoudés, c'était parce que je ne voulais pas reconnaître que j'allais mieux de jour en jour. Je la portais depuis tellement longtemps qu'elle faisait presque partie intégrante de mon visage. La ligne qui partait de la bride et des crochets aux oreilles jusqu'à la coque de plastique était indissociable du contour de mon menton. J'avais même l'impression qu'il se pourrait que je ne puisse plus l'enlever.

Lorsque l'infirmière me l'avait fixée pour la première fois, j'avais pensé à un vieux documentaire. Dans un camp de concentration nazi grondaient des bergers allemands entraînés à mordre les humains. Leur muselière métallique rouillée les faisait paraître encore plus féroces. Lorsque les SS la leur enlevaient, les molosses se ruaient sur les Juifs décharnés... Ma gouttière ressemblait à cette muselière.

Si je l'enlevais, est-ce que je n'oublierais pas l'endroit de la source ? Je craignais qu'elle ne se tarisse. Je devais moi aussi porter une douleur équivalente à celle que mon frère avait dû supporter. Il n'y avait déjà plus qu'une partie de mon corps qui souffrait.

— Je lui apporte des pancakes. Il aime beaucoup ça. Avec du vrai sirop d'érable.

Elle caressa le sac en papier posé sur ses genoux. Il s'en dégagea une odeur sucrée.

Nous avons marché ensemble de la gare jusqu'à l'hôpital. Elle réussit à suivre mon rythme de marche irrégulier. Elle ne fit pas particulièrement attention à moi, ne m'offrit pas sa main, mais conserva néanmoins le bon rythme.

Elle était très belle. Lorsqu'elle bougeait, sa beauté se remarquait encore plus. Alors que chaque partie de son visage était banale, le tout composait un ensemble dont il émanait un charme particulier. Je croyais qu'elle regardait au loin, et elle me jetait soudain un coup d'œil, hochait la tête ou m'adressait un sourire. Elle serrait précieusement le paquet de pancakes sur son cœur, baissait les cils, comme éblouie, à chaque courant d'air. Parfois ses cheveux ondulaient, laissant entrevoir sa nuque transparente et ses oreilles.

Lorsque j'allais à la rééducation le mardi, en général je la rencontrais dans le train. La place à côté d'elle était toujours vide.

L'aile où se trouvait son frère était éloignée de celle de la rééducation, si bien que nous n'avions en commun qu'un court moment jusqu'à l'entrée principale de l'hôpital. Elle ne m'a jamais posé de questions sur mes blessures. Je n'ai pas fureté non plus dans sa vie. Nous nous contentions de converser d'une manière maladroite sur le temps ou le lieu. Pendant les silences, le bruit de mes béquilles et celui de ses chaussures résonnaient à l'unisson.

Les bienfaits de la rééducation commençaient à apparaître, mais je n'arrivais toujours pas à me résoudre à enlever mes plâtres et ma gouttière. Le plâtre noirci et malodorant convenait parfaitement à ma silhouette amaigrie et chancelante. A ses côtés, mon état misérable se remarquait encore plus.

Mais ce n'était pas du tout désagréable. Au contraire, ces moments passés avec une inconnue, au milieu de ce quotidien écrasé de douleur, ressortaient dans un doux halo lumineux. A l'époque, elle était la seule à qui j'adressais la parole, et parfois, la sollicitude qu'elle me montrait – me protégeant des gens que nous croisions, m'évitant les déclivités du chemin – ravivait en moi des sensations oubliées depuis longtemps.

Mais avant tout, il y avait les pancakes. Sentir leur odeur me rappelait mon frère lorsqu'il était en vie. Mon frère vivant, pas le corps battu à mort qui avait dominé ma mémoire ces derniers mois.

Je ne sais plus au bout de combien de rencontres j'eus le courage de lui poser la question :

— Cela ne vous ennuierait pas de me parler de votre frère ?

Les crochets qui maintenaient mon menton cliquetèrent.

— Eh bien, je me demandais justement si je n'allais pas commencer à le faire, dit-elle avant de se remettre à marcher.

Mon jeune frère a été champion de natation. Spécialisé dans le dos crawlé. Un nageur de première classe, au point d'être sélectionné pour les Jeux olympiques junior.

Depuis qu'il a débuté la natation à l'âge de trois ans, il a passé presque toute sa vie à la piscine. Dans mon souvenir, il a toujours les cheveux mouillés.

Mon père faisait le commerce d'antiquités, moitié par goût, moitié par escroquerie. Il était pratiquement alcoolique. Ma mère ne vivait que pour améliorer les records de mon frère, et pour ça, elle était capable de tous les sacrifices. Elle s'était passionnée pour l'astrologie afin d'influencer son destin au maximum. Un jour elle retapissait toute la maison en violet, une couleur porte-bonheur, un autre jour elle nous faisait boire de l'eau de la rivière qui coulait en direction ouest-nord-ouest. Finalement, cela nous a tous rendu malades, sauf mon frère.

Oui, mon frère essayait de toutes ses forces de répondre aux sacrifices faits par ma mère. C'était plus important pour lui que de nager vite. C'est pour ça que ses colibacilles n'ont pas fléchi.

C'était un garçon qui ne faisait jamais le fou ni l'enfant gâté. Même s'il était dans la lune, il avait toujours l'air de réfléchir à des questions essentielles.

A une époque où il ne parlait pas encore correctement, il s'est mis à pleurer brusquement à la vue d'un acteur de cinéma sur l'écran de la télévision. Il sanglotait d'une voix rauque, en se griffant la poitrine, comme s'il n'en pouvait plus de tristesse. Le lendemain, on a appris sa mort. Dans un accident de voiture.

Au début, personne n'y a vraiment prêté attention. Mais après l'interview d'un écrivain dans le journal, l'affiche d'un homme politique et le boucher du quartier, on n'a pas pu l'ignorer davantage. Mon frère pleurait de cette manière particulière au moment où quelqu'un mourait…

Ma mère n'a rien fait pour juguler la situation. Elle nous a interdit de parler de ce don étrange. Elle devait penser que ça nous porterait malheur. D'ailleurs, dès qu'il a atteint l'âge de raison, c'est-à-dire à partir du moment où il a commencé à nager, son don ne s'est plus jamais manifesté. Et bientôt, nous avons oublié nous aussi.

Si ça se trouve, il n'en parlait pas mais il éprouvait peut-être toujours ce genre de pressentiment. J'en ai l'impression.

Quand il ne nageait pas, en général il était quelque part dans un coin de la maison. Surtout dans l'ombre de la vitrine, l'espace entre le réfrigérateur et le plan de travail de la cuisine, et il affectionnait tout particulièrement le débarras au bout du palier, où il se glissait pour s'y tenir à l'étroit.

Il n'avait pas du tout l'air mélancolique ni tendu. Il était accroupi tranquillement, comme un bébé dormant dans son berceau. On aurait dit qu'il était persuadé qu'il ne lui arriverait rien de mauvais tant qu'il resterait blotti ainsi.

A l'époque, à la demande de la femme de ménage, j'étais chargée de prévenir tout le monde lorsque le dîner était prêt. Mon père buvait dans son bureau. Ma mère lavait des maillots de bain ou lisait des livres de divination, en tout cas, faisait quelque chose en rapport avec mon frère. Le plus terrible était d'aller le chercher. Parce qu'à la maison, il y avait beaucoup de "recoins".

Sous l'escalier, dans l'armoire, derrière le sofa. Je cherchais dans tous les espaces qui me venaient à l'esprit. C'était le sommet de son crâne que je remarquais en premier. Je le tapotais gentiment. Il levait les yeux vers moi d'un air me signifiant qu'il avait compris et sortait en dépliant habilement son corps. J'époussetais son pantalon.

Aujourd'hui encore, cette scène du soir qui se répétait quotidiennement est celle qui est la plus présente au fond de mon cœur. J'effleure ses cheveux. Ils sont encore imprégnés de l'odeur de la piscine. Dans la pénombre, ses prunelles ressortent, et nos regards convergent… C'est le moment où nos cœurs se parlent.

Nous ne sortions tous ensemble que lors des compétitions de natation. Tous les trois assis sur les bancs de pierre rugueux, nous encouragions mon petit frère. On peut dire que grâce à lui, notre famille réussissait tant bien que mal à maintenir un lien. Sa nage sur le dos était notre dernier recours.

C'était un enfant qui évoluait avec grâce dans l'eau. Aucune ballerine, aussi excellente fût-elle, n'aurait pu exprimer la beauté sous une forme aussi parfaite. Ses bras mordaient-ils l'eau qu'aussitôt ses chevilles ondulaient souplement tandis que sa colonne vertébrale se mettait à glisser en fendant la surface. Les vagues qui allaient en s'élargissant, les gouttes jaillissantes et la respiration régulière, en harmonie, y ajoutaient de la couleur.

Même si son temps était mauvais, le seul fait de l'avoir vu nager de près me contentait. Mon père et ma mère devaient être dans un état d'esprit similaire.

A treize ans, il a établi le record junior des 100 et 200 mètres. Il y avait alors cinq albums d'articles de journaux classés par ma mère. Il avait grandi d'une manière impressionnante, s'était musclé et s'apprêtait à basculer dans le monde des adultes.

Un jour, ma mère a déclaré :

— Je vais faire construire une piscine dans le jardin.

Nous avions bien un jardin, mais absolument pas assez grand pour y creuser une piscine. Personne n'a réussi à lui faire entendre raison. Les travaux n'ont pas tardé à commencer.

Les briques de l'allée ont été descellées, la pelouse creusée, et démolie la véranda faisant suite à la salle de séjour. Bientôt, une piscine de quinze mètres sur sept a fait son apparition.

Non seulement elle occupait presque la totalité du jardin, mais sa présence pesait sur la maison. Du portillon jusqu'à l'entrée, c'était une entreprise ardue de marcher sur le bord sans trébucher. Toutes les personnes qui venaient à la maison hésitaient devant le portail.

Nous nous demandions à quoi pourrait servir une piscine aussi petite, mais mon frère, bien sûr, adhéra totalement au sacrifice de ma mère. Sauf en plein hiver, il y travailla son style, s'y entraîna aux virages.

— Rentre le menton ! entendait-on souvent crier ma mère du bord de la piscine.

C'était devenu sa rengaine. On lui avait dit que le seul point faible de mon frère était la position de son menton.

L'effondrement a été brutal. Et pourtant, au début, nous ne nous sommes pas rendu compte de la gravité de son état. Nous pensions bêtement que ça n'était pas préoccupant. Que ça irait. Il allait se remettre.

Mais en réalité, mon frère pleurait sans faire de bruit afin que personne ne s'en aperçoive. D'une manière particulière, comme lorsqu'il avait pressenti la mort de l'acteur de cinéma.

Nous étions à une semaine du départ pour les championnats du monde junior. Mon frère avait le bras gauche levé et ne pouvait plus l'abaisser. Comme ça (elle fit le geste pour me montrer).

Nous lui avons demandé ce qu'il avait. Nous ne pouvions pas faire autrement. En faisant sa toilette, à table pour le petit déjeuner, il avait toujours le bras gauche tendu bien droit vers le haut. Exactement comme s'il s'était arrêté dans son élan juste avant de pénétrer dans l'eau.

Depuis, son bras n'est plus jamais redevenu comme avant. Nous avons tous essayé de l'aider de différentes manières. En attrapant son bras pour le forcer à le baisser, en prenant conseil, en demandant à un exorciseur de pratiquer une conjuration. Mais ça n'a pas marché. Cela n'a donné aucun résultat. Sa vie de champion de natation était terminée.

Bientôt, la piscine s'est asséchée, se transformant en un énorme tombeau. Cinq ans plus tard, mon père est mort d'une cirrhose du foie. Le cercueil a quitté la maison en traversant le fond de la piscine en diagonale. Tout en marmonnant "Rentre le menton", ma mère a brûlé au fond du tombeau les maillots de bain, les albums et les livres de divination.

Le bras gauche a noirci petit à petit, au fur et à mesure que la circulation sanguine s'y faisait mal, devenant pareil à une branche morte. Lorsqu'on le touchait par mégarde, c'était tellement froid qu'on en était surpris. On aurait dit que mon frère se rapprochait lentement de la mort à partir de son bras gauche.

Je ne sais plus quand, dans son endroit de prédilection, entre le réfrigérateur et le plan de travail de la cuisine, il m'a préparé des pancakes. Je lui avais apporté les ingrédients et le réchaud électrique, et bien sûr il avait toujours le bras gauche dressé.

J'ai eu du mal à m'y introduire à mon tour. Mon frère a fait cuire les pancakes avec habileté. Genoux repliés, le menton posé dessus, il a fait le mélange avec sa seule main droite. Dès qu'il a versé la pâte dans la poêle chauffée, une odeur sucrée s'en est aussitôt dégagée. Parce que mon corps était recroquevillé, j'avais l'impression qu'il me serrait dans ses bras.

— C'est bon ? l'ai-je entendu demander tout près de mon oreille.

— Très, lui ai-je répondu.

C'est juste après que mon frère a été hospitalisé. Cela fait déjà plus de dix ans. Aujourd'hui encore, il nage sur le dos pour moi toute seule dans la piscine qui se trouve au fond de mon cœur. Personne ne pourra le sortir de là. Même avec son seul bras droit, sa façon de nager est toujours aussi belle. Je le sais bien…

Au moment où son récit se termina, nous arrivâmes à l'entrée de l'hôpital. Elle poussa un profond soupir, regarda le sol à ses pieds. Elle paraissait complètement épuisée, comme si elle revenait d'un voyage dans un pays lointain. Une ambulance arriva, qui chargea précipitamment un vieillard, mais le silence planait autour de nous deux.

Alors que ce qu'elle m'avait raconté n'avait rien à voir avec moi, chaque fois qu'elle répétait "mon frère", j'avais eu l'impression d'être atteinte par des vagues successives. Et j'avais pu imaginer aisément dans leurs moindres détails les cheveux mouillés, les pancakes dorant dans la poêle, le bras gauche se desséchant.

Elle m'avait emmenée au bord de la piscine où je me tenais. Une piscine pleine à ras bord d'eau pure, qui avait reçu la bénédiction de toutes les choses en ce monde. Là nageait son frère cadet. Il s'étirait en souplesse dans toutes les directions, inspirant à pleins poumons.

Je n'avais pas l'illusion que mon frère était revenu à la vie. Il était bien mort. Je comprenais que j'aurais beau tendre la main vers la piscine, je ne pourrais pas le toucher. Pour autant, je n'étais pas désespérée. Le récit se contentait de me donner confiance. Même lorsqu'elle racontait la tristesse, la voix de la jeune femme était douce et ne rejetait personne.

— Je vais devoir y aller, me dit-elle. Je vous reverrai certainement un de ces jours.

J'ai hoché la tête. Je pensais qu'il fallait que je dise quelque chose, mais le scintillement de la piscine était trop éblouissant, je n'arrivais pas à parler.

— Au revoir.

Nous nous sommes séparées, elle se dirigeant vers l'aile psychiatrique, moi vers celle de la rééducation.

C'est cette nuit-là que j'ai enlevé ma minerve pour la première fois depuis l'accident. Et j'ai commencé à écrire un nouveau roman. J'ai noté tel qu'il était le récit qu'elle m'avait fait.

La sensation de saisir les mots que j'avais perdus depuis longtemps revenait distinctement. Ce n'était pas du tout difficile.

Il suffisait de faire résonner sa voix en moi.

Ecrire m'a guérie. J'avais l'impression que l'existence de mon moi se consolidait et reprenait de l'éclat à toute vitesse.

"Backstroke", le roman ainsi achevé, a été l'œuvre de mes débuts. Ce fut le premier livre de ma vie à être imprimé et vendu en librairie, qui me sauva de justesse alors que j'étais au plus bas.

Si je suis revenue au bout de sept ans dans cet hôpital, c'est pour y faire une rééducation suite à l'opération destinée à enlever les derniers boulons qui restaient dans mon genou. A la gare, j'ai installé dans sa poussette mon fils qui venait de naître avant de prendre la direction de l'hôpital. Et je me suis soudain rendu compte qu'on était mardi.

Je ne l'avais pas revue une seule fois depuis lors. Tout en poussant la voiture d'enfant, j'ai essayé de chercher sa silhouette, en vain. Mais je n'ai pas renoncé, j'ai fait un grand détour et j'ai parcouru l'aile psychiatrique. Mon fils dormait sagement. Si j'avais vu son frère, je l'aurais tout de suite reconnu. Puisqu'il avait le bras gauche dressé. Et si je faisais attention à l'odeur de pancake, je pourrais peut-être le trouver.

Tout au bout du service se trouvait un parloir bien ensoleillé. Des sofas orange et des plantes vertes y étaient agréablement installés. Quelques patients buvaient du café ou faisaient du tricot. Grâce à une douce moquette, la poussette ne faisait pas de bruit désagréable à l'oreille.

Soudain j'ai remarqué quelque chose sur la table basse. Un mince livre de poche en anglais : "Backstroke", y avait-il écrit.

Un vieux livre à la couverture usée, aux couleurs passées. L'auteur en était une femme née en 1901 dont je n'avais jamais entendu parler, au sujet de laquelle on ne donnait pas beaucoup de détails. Un nom compliqué à écrire, impossible à prononcer. Je me suis assise sur le sofa, et j'ai commencé à lire la première page. C'était l'histoire d'un frère cadet champion de natation s'approchant progressivement de la mort à partir de son bras gauche. Là se trouvait le récit que j'avais écrit, celui qu'elle m'avait raconté. Le livre avait beau être en lambeaux, le récit n'avait rien perdu de son attrait.

J'ai refermé le livre, l'ai posé sur la table. Il baignait dans la tiédeur du soleil. Mon fils a ouvert les yeux, a commencé à s'agiter. J'ai placé son escargot en peluche près de son visage.

L'ÉCHEC DE MADEMOISELLE KIRIKO

Autrefois, nous avions une domestique qui s'appelait mademoiselle Kiriko. Ma mère en employait habituellement deux ou trois, mais comme c'était souvent des jeunes filles, en général elles nous quittaient au bout de quelques années pour se marier. Alors, ma mère demandait à la paroisse de lui en présenter une nouvelle.

C'est de cette manière que mademoiselle Kiriko est venue chez nous. Il me semble qu'elle était parente avec la directrice de l'assemblée des femmes et qu'avant elle avait été employée de bureau dans une fabrique de meubles. Mais la très courte période pendant laquelle elle a été à la maison, à peine une année entre mes onze et douze ans, et la manière brutale dont elle s'en est allée – sans la traditionnelle soirée d'adieu – font que j'avais presque oublié les circonstances qui ont entouré son départ.

C'était quelqu'un de bien en chair, aux traits bien dessinés. Son ombre à paupières était bleu ciel et ses lèvres étaient généreusement enduites du rouge glossy alors à la mode, qui débordait par endroits. Pour autant, elle ne se préoccupait pas de ses cheveux, qu'elle attachait négligemment avec un élastique ou retenait ici ou là avec des pinces.

Elle portait toujours des vêtements très ajustés, et l'on ne savait pas au juste si c'était pour faire ressortir ses formes ou tout simplement parce qu'elle ne trouvait pas de vêtements à sa taille. Aujourd'hui encore je la revois juchée sur l'escabeau, la tête enfoncée dans les étagères du buffet, en train de sortir la vaisselle pour les invités, ou faisant le ménage dans l'escalier, en sueur, le buste ballottant.

Simplement, dès lors que mademoiselle Kiriko mettait quelque chose sur elle, le moindre tablier usé et taché prenait indubitablement un air ravissant et mystérieux. Le bout du ruban du tablier, effleurant ses fesses, la faisait paraître plus adulte que son âge.

Ma mère ne semblait pas tellement apprécier mademoiselle Kiriko. Pas parce qu'elle était trop sexy, mais parce que lorsqu'elle l'emmenait à l'office, elle s'endormait aussitôt en ronflant.

Au cours des vacances d'été de mes onze ans, je reçus un stylo à plume, cadeau de mon père qui avait fait un voyage d'un mois en Europe pour son travail. En argent, fin, de fabrication suisse.

Quand on enlevait le capuchon, apparaissait une plume carénée bien polie, tellement belle à regarder que les battements de mon cœur se précipitaient, tandis que sur le corps dont la courbe élégante s'adaptait parfaitement à ma main étaient gravées les initiales YH.

C'était la première fois de ma vie que je recevais un cadeau autre que des jouets, et comme aucun autre enfant de mon entourage n'utilisait de stylo à plume, j'eus l'impression de sauter d'un coup dans le monde des adultes. J'étais persuadée qu'il me suffisait de l'avoir à la main pour déployer une énergie particulière.

Je fus prise d'une envie irrépressible d'écrire, n'importe où et n'importe quand. Je mentis à ma mère en lui disant qu'il me fallait des manuels d'entraînement à l'écriture des caractères chinois afin qu'elle me donne de l'argent. En rentrant de l'école, je laissais tomber mon cartable et me dirigeais droit vers mon bureau où mon premier geste était d'enlever le capuchon de mon stylo.

Le cas échéant, je me rendais compte que je n'avais aucune idée de ce que je voulais écrire, mais cela ne me décourageait pas. Je trouvais que ce n'était pas un problème important. L'instant où l'encre suintait, le frottement de l'extrémité de la plume sur le papier ou l'enchaînement des caractères qui remplissaient l'espace entre les lignes étaient beaucoup plus essentiels à mes yeux.

Les adultes se sont aussitôt aperçus que leur fille écrivait quelque chose avec passion, mais ils ne s'en mêlèrent pas outre mesure. Puisque de toute façon j'écrivais assise à mon bureau, ils devaient être persuadés que j'étudiais, ou que je faisais quelque chose qui ressemblait à de la copie de caractères chinois.

Si les "écrits" ne furent pas ajoutés aux nombreuses choses qui nous étaient alors formellement interdites, comme monter l'escalier en pantoufles ou boire glacé en sortant du bain, en revanche, aucun adulte ne se montra intéressé par leur contenu. Puisque de toute façon, il s'agissait de caractères que tout le monde connaissait.

Pour commencer, j'essayai de recopier des passages de livres que j'aimais. Des extraits pris au hasard dans les "Souvenirs entomologiques" de Jean-Henri Fabre. L'introduction des "Combattants du soleil". Des "Contes d'Andersen" aux "Pâquerettes" et aux "Souliers rouges". Des poèmes récités par Ann Charly. La page des ptéranodons dans "L'Encyclopédie des dinosaures". "Gâteaux du monde entier", recettes du trifle et des macarons…

C'était une tâche beaucoup plus amusante que je ne l'aurais cru. Même s'il s'agissait de mots auxquels je n'avais pas réfléchi, dès lors que, se faufilant jusqu'au bout de mes doigts, ils apparaissaient devant mes yeux, ils me devenaient attachants.

Les mots étaient tous mes amis. Ils donnaient une forme à tout ce qui était incertain, agaçant ou timide. Une forme de mot, rehaussée d'encre bleu nuit.

Et lorsque soudain ma main s'immobilisait, la page du cahier était entièrement remplie de caractères. Une signification était donnée à cette page, blanche un moment plus tôt. En plus, c'était moi et personne d'autre qui lui en avais fait cadeau.

Je caressais la page en m'abandonnant à une fatigue doublée d'un sentiment de supériorité. J'avais l'impression de tenir dans le creux de ma main les lois secrètes qui régissaient l'univers.

La seule dont l'attitude vis-à-vis de mes "écrits" était différente de celle des autres adultes était mademoiselle Kiriko. Comme eux, elle ne s'en mêlait pas, mais elle considérait que ce travail était manifestement différent de l'étude. On peut même dire qu'elle en concevait un certain respect.

Lorsqu'elle me découvrait absorbée par mon travail dans la chambre des enfants ou à la table de la salle manger, mademoiselle Kiriko s'interrompait aussitôt, prenait une attitude correcte, et passait en faisant attention à ne pas me déranger. Ou alors, quand elle m'apportait mon goûter, je comprenais qu'elle faisait en sorte que je ne pense pas à tort qu'elle en profitait imprudemment pour jeter un coup d'œil au contenu de mon cahier. Le regard baissé sur ses mains, elle ne m'adressait pas la parole et posait le jus de fruit le plus loin possible de mon cahier. Sans doute pensait-elle qu'il n'aurait pas fallu que les gouttes d'eau du verre ne mouillent les pages.

Bientôt, n'étant plus satisfaite de recopier uniquement les phrases des autres, je commençai à y ajouter quelque chose qui n'avait rien d'un essai ni d'un journal, ni même d'une histoire. Le portrait de toutes mes camarades d'école, des médisances sur les professeurs, le menu des repas de toute une semaine, la liste des choses que j'aurais voulu acheter si j'avais eu un million de yens, la suite de l'histoire du dessin animé à la télévision, ma vie – époque orpheline, le récit d'un voyage imaginaire dans une île déserte. Toutes sortes de choses, en tout cas.

Il n'existait pas un seul jour où je n'avais rien à écrire. Il me suffisait d'enlever le capuchon de mon stylo pour que celui-ci se mette fidèlement à écrire.

C'est pour cette raison que j'ai été si désorientée la première fois qu'il n'y a plus eu d'encre.

— Que faire, mon stylo est cassé ! m'écriai-je.

— Déjà ? Ce précieux cadeau de papa. Je ne t'en achèterai pas un neuf, tu sais. C'est de ta faute si tu l'as cassé.

Je ne t'en achèterai pas un neuf... C'était toujours le même refrain. J'ai pleuré de désespoir, maudissant ma légèreté.

— Ce n'est pas grave. Il n'y a plus d'encre, c'est tout. Il n'y a qu'à le remplir et il sera comme avant.

C'est mademoiselle Kiriko qui, encore une fois, était venue à mon secours.

— C'est de l'encre suisse, tu sais. Il va falloir que j'attende que papa y retourne ?

— Non. Il y en a forcément dans les papeteries en ville, dit-elle en hochant la tête comme pour mieux insister sur le forcément.

Elle avait raison. Je n'avais pas cassé mon stylo. Conformément à sa promesse, elle acheta de l'encre pour le remplir. Les explications au dos de la boîte étant écrites dans une langue étrangère, aucune de nous deux ne put les déchiffrer, mais après en avoir soigneusement vérifié le sens, elle poussa l'encre à l'intérieur comme si elle accomplissait une cérémonie sublime.

— Tiens.

Après avoir constaté qu'il était revenu à la vie, elle se lécha les lèvres d'un air fier. Celles-ci n'en parurent que plus brillantes.

— Tu ne le diras pas à maman, hein ? insistai-je vaguement alors que c'était elle qui m'avait invitée.

— Ne t'en fais pas.

Elle avait vraiment l'air de ne pas s'en faire. En rentrant de chez le dentiste, nous avions fait un crochet et nous étions en train de manger un parfait au chocolat. Qu'il s'agisse de luxueuse cuisine française ou d'un vulgaire stand de nouilles sautées, ma mère était persuadée qu'il n'était pas souhaitable sur le plan hygiénique de manger en dehors de la maison.

— Ici, tu sais, ils sont très bons et les fruits sont frais, me fit-elle remarquer avant d'engloutir un gros morceau de pêche.

L'intérieur de ma bouche gardait l'odeur de désinfectant et de résine qui, mélangée au chocolat, donnait un curieux goût. Ma dent du fond qui venait d'être obturée claquait à chaque mastication.

C'était un parfait magnifique. La coupe en verre godronné débordait d'un assortiment de gaufrettes, de banane et de crème fouettée. Mademoiselle Kiriko plongea la longue cuiller en plein milieu, et sans se soucier de détruire cette décoration sophistiquée, y recueillit le chocolat qui se trouvait dessous et le mangea.

— Tu as eu mal ? questionna-t-elle.

— Pas tant que ça, lui répondis-je en secouant la tête.

— Tu as bien du courage, d'aller comme ça chez le dentiste. Tu n'es encore qu'une enfant, après tout.

— Les dents, c'est important, tu sais. Parce que si on perd une dent définitive, elle ne repousse jamais. N'importe qui, s'il a un doigt sectionné, se désole, hein ? Parce qu'il ne retrouvera jamais sa forme d'origine.

C'est pareil pour les dents. Une fois qu'elles sont parties, c'est fini. Et pourtant, personne ne s'en soucie autant que des doigts.

Mademoiselle Kiriko acquiesçait, d'un air dubitatif, en écrasant la banane avec le dos de sa cuiller.

— Mais quand même, excuse-moi. Non seulement on plonge la main dans votre bouche et on regarde sous la langue jusqu'au fond de votre gorge, mais on perce des trous avec la roulette. J'en frissonne rien que d'y penser.

Le chocolat menaçant de couler de la commissure de ses lèvres, elle les essuya précipitamment avec sa serviette. Je me demandais avec inquiétude si son rouge à lèvres n'allait pas s'en aller. Mais il n'avait pas encore perdu son brillant. Il avait l'air encore plus poisseux et sucré que le chocolat.

— Dis-moi...

Je m'étais enfin décidée à aborder un sujet qui me tracassait depuis longtemps.

— ... Qu'est-ce que ça fait quand on met du rouge sur les lèvres ?

Elle laissa tomber sa serviette roulée en boule d'un air soulagé comme si elle s'était attendue à quelque chose de plus compliqué, et sortit son tube de rouge de son sac.

— Tu n'as qu'à essayer d'en mettre, tu vas voir.

Elle tournait le tube dans un sens et dans l'autre, le faisant coulisser. Le bâton était déjà bien usé.

— Regarde, on fait comme ça.

Elle se leva à moitié de sa chaise, et en un clin d'œil mes lèvres devinrent écarlates.

— Hmm, c'est pas mal.

Je regardais mon reflet sur la vitre du salon de thé. Ce n'était pas ausssi bien que sur elle. Ma bouche paraissait gonflée comme si, les soins dentaires ayant échoué, de virulents microbes en avaient profité pour se développer. De plus, la saveur n'en était même pas sucrée comme celle du chocolat. Elle ressemblait plutôt à celle de l'anesthésique que l'on m'avait injecté dans la gencive un peu plus tôt.

— C'est affreux. Si maman s'en aperçoit, ça va être terrible.

Je m'empressai de frotter avec ma serviette. Mais plus je frottais, plus ça se voyait.

— On l'enlève déjà, alors qu'on vient tout juste de le mettre ? me fit-elle remarquer d'un air moqueur en versant un peu d'eau de son verre sur sa serviette pour m'aider à l'essuyer.

Sa généreuse poitrine pointait dans l'échancrure de son chandail.

La nuit, ma dent qui venait d'être soignée me tourmenta, m'empêchant de dormir. J'avais peur à l'idée que c'était peut-être à cause du parfait. En plus, la douleur me cuisait les lèvres.

Je m'extirpai de mon lit pour écrire sur mon cahier tout ce que nous avions fait en cachette, mademoiselle Kiriko et moi.

L'occasion pour nous de partager un secret bien plus important se présenta avec un incident qui se produisit le jour précédant la représentation théâtrale de l'école. Je devais interpréter à la flûte à bec le solo d'un menuet. J'étais la seule à avoir été choisie parmi la centaine d'élèves de cinquième année.

Le rideau se levait, et lorsque les applaudissements retombaient, je m'avançais au centre de la scène pour saluer. Les spots étaient allumés, la fille qui m'accompagnait au piano avait les doigts posés sur le clavier, et tout le monde avait les yeux rivés sur la flûte. Après avoir constaté que, le silence étant revenu dans la salle, l'assistance était au comble de l'attente, je plaçais les doigts sur la première note, un sol.

... C'était ce dont on avait convenu à la répétition.

De retour à la maison, voulant répéter une dernière fois, j'ouvris mon cartable, mais ma flûte n'y était pas. Je retournai à l'école, regardai partout, dans la classe, dans le couloir et jusque dans la salle de gymnastique, avant de refaire trois fois le chemin de l'école, en vain.

Pendant ce temps-là, le jour était tombé et il faisait noir. La flûte, sans prévenir, avait disparu à mes yeux pour se fondre dans l'obscurité.

Pourquoi fallait-il que j'aie toujours recours à ma mère quand j'étais complètement perdue ? A quoi pouvait-elle me servir ?

Je savais parfaitement que je pleurais ni parce que je ne retrouvais pas ma flûte, ni parce que mon solo allait être annulé. Mais simplement parce que c'était difficile de n'avoir personne d'autre que sa mère à qui se confier.

Elle referma sa Bible qu'elle avait commencé à lire, et me serina en tripotant le signet tortillonné :

— Je ne t'en achèterai pas une neuve, tu sais.

Mademoiselle Kiriko m'appela au moment où, ayant enlevé mon gilet et mes chaussettes, je m'étais assise au bord d'un massif dans le jardin.

— Mais qu'est-ce qui se passe ?

— L'héroïne du dernier livre que j'ai lu, exposée à l'air nocturne, attrape une pneumonie.

— On attrape rarement une pneumonie, tu sais. Au lieu de ça, il vaudrait mieux trouver une flûte.

— C'est pas la peine. La mienne est nulle part.

— Respirons calmement et réfléchissons.

Elle ramassa mon gilet dans le massif, en enleva les feuilles mortes, et m'aida à le remettre.

— S'il n'y en a pas, il n'y a qu'à en fabriquer une.

— Comment ça, fabriquer ?

— Il faut tailler un morceau de bois, y creuser des trous, et raboter comme ça pour faire l'embouchure…

Elle mimait la scène de raboter du bois. Ses gestes étaient tels qu'on aurait dit qu'elle les avait faits toute sa vie..

— C'est impossible. Absolument impossible.

— En tout cas, laisse-moi faire. Il faut que tu l'aies demain matin à l'heure d'aller à l'école, pas vrai ? Allez, remets vite tes chaussettes avant d'attraper une pneumonie, et va dormir tranquillement.

J'acquiesçai et obéis. Pas parce que j'espérais pouvoir jouer sans problème le menuet le lendemain matin. Mais parce que je ne voulais pas douter d'elle.

— A plus tard, me dit-elle en agitant la main, avant de s'en aller en courant.

Mademoiselle Kiriko ne trahit pas sa promesse. Le lendemain matin, elle se précipita, essoufflée, dans la salle à manger. Elle serrait fermement une flûte dans sa main droite.

L'instrument avait encore l'odeur du bois qui vient d'être raboté. Son embouchure était un peu épaisse, ses trous avaient une certaine rugosité, et quand on soufflait dedans, des copeaux s'en échappaient, mais c'était sans aucun doute une vraie flûte.

Le menuet que je jouai à la représentation fit vibrer la froide atmosphère de la salle, effleura les joues de l'assistance et passa à travers les vitres avant d'être aspiré vers le haut du ciel. Le son commandé spécialement avait été choisi par le ciel.

J'ai recopié au propre sur le papier à dessin de couleur que je préférais le récit que j'avais écrit sur mon cahier, puis je l'attachai avec un ruban pour en faire cadeau à mademoiselle Kiriko.

J'ai appris par la suite qu'elle avait demandé à l'un des ouvriers de la fabrique de meubles où elle avait travaillé précédemment de fabriquer cette flûte. Il lui avait fallu s'y reprendre à dix fois pour obtenir une gamme correcte. En réalité, le bois aurait dû servir à faire des pieds de table de salle à manger.

— Merci. C'est une très belle histoire. La scène où le rat qui vit dans la bibliothèque du château invite le crapaud à s'aventurer dans les oubliettes est bien, je trouve. Là où ils découvrent une source et nagent ensemble, quand le crapaud serre très fort les pattes de devant du rat et soulève son arrière-train sur ses pattes palmées, ces endroits sont ceux qui me plaisent le plus.

Mademoiselle Kiriko était contente. Et elle fit encore plus attention à respecter le moment des mes "écrits".

J'ai complètement oublié quelle était l'histoire que je lui ai offerte. Je ne me souviens que de sa réflexion concernant la scène de la baignade dans la source qu'elle avait trouvé bien.

Je me demande ce qu'est devenue cette histoire de rat et de crapaud. Mon histoire, la première de ma vie qui a fait plaisir à quelqu'un. Reste-t-elle tapie quelque part dans le monde, même si elle a disparu de la mémoire de son auteur ?

Un jour, mademoiselle Kiriko est rentrée des courses l'air perplexe.

— Regardez ce que j'ai trouvé dans le panier de la bicyclette, nous dit-elle en montrant trois petits pains à la confiture à l'intérieur d'une pochette en papier.

— Cela ne te dit rien ?

Ma mère a jeté un coup d'œil, sans s'y intéresser vraiment.

— Non. J'ai garé la bicyclette devant chez le poissonnier, j'ai fait les courses, et quand je suis revenue, j'ai trouvé ça…

— C'est sans doute quelqu'un qui s'est trompé de bicyclette. C'est répugnant, jette-le, lui a ordonné ma mère en repoussant le sac en papier avant de s'en aller à sa réunion d'étude de la Bible.

Mais désobéissant à son ordre, nous nous sommes partagé les petits pains et nous les avons mangés.

Nous les avions alignés sur la table, afin de les observer un moment en silence. A première vue, ils n'avaient pas l'air bizarre. Ils paraissaient souples et légers, et il s'en dégageait si on en approchait le nez une odeur de confiture à la fraise.

— Tu sais, ils se tenaient en retrait, bien sages dans un coin du panier.

J'ai acquiescé.

— Je suis à peu près sûre que ce n'est pas une erreur. Parce qu'ils n'avaient pas l'air d'avoir échoué là par hasard. En plus, je ne l'ai pas dit à Madame, mais la poussière accumulée dans le fond du panier avait été enlevée. Comme pour montrer que cet endroit avait été spécialement choisi par quelqu'un.

J'avais aussitôt compris que mademoiselle Kiriko n'avait pas du tout l'intention de jeter les petits pains. Pas à cause du gâchis, mais parce qu'elle voulait absolument connaître la signification de ce cadeau.

— Alors mangeons-les, proposai-je soudain.

Pour plus de sécurité, nous décidâmes d'en tester la nocivité sur Agata, le shiba que nous avions alors. Mademoiselle Kiriko était d'avis que si les petits pains contenaient du poison, la chienne avec son odorat s'en apercevrait forcément et n'y toucherait pas.

Nous coupâmes un petit pain à la confiture en deux, et après l'avoir reniflé nous aussi, nous l'approchâmes précautionneusement de la truffe d'Agata, qui l'engloutit aussitôt sans même remuer sa truffe.

Nous continuâmes à observer Agata pendant un moment, mais elle n'avait pas l'air de se sentir mal. Elle sauta même sur le tablier de mademoiselle Kiriko en aboyant comme pour lui signifier qu'elle en voulait d'autres.

A partir de ce jour-là, le fait se reproduisit plusieurs fois, toutes sortes de petits pains étant régulièrement déposés dans la bicyclette de mademoiselle Kiriko. Croissants, beignets au curry, rouleaux à la cannelle, brioches à la crème... Il y en avait toujours trois, qui se tenaient comme d'habitude "sagement en retrait". Grâce à quoi mademoiselle Kiriko, moi et Agata pouvions nous les partager équitablement.

Nous n'en parlions plus à ma mère. Notre goûter s'ajouta à nos secrets.

Nous mangions nos petits pains à l'abri du réfrigérateur, tout en faisant attention à ce que personne ne nous surprenne. Lorsque le moteur se déclenchait soudain, nous échangions un coup d'œil effrayé. Mademoiselle Kiriko enlevait alors d'un geste une miette restée au coin de mes lèvres.

Ils étaient frais et délicieux. Il y en avait même qui étaient encore tièdes.

— Tu n'as vraiment aucune idée de qui ça peut être ? questionnais-je, mais elle secouait toujours la tête.

— La prochaine fois, on va demander au boulanger s'il n'y aurait pas quelqu'un de suspect parmi ses clients.

— Si tu veux…

Légèrement courbée, tenant son petit pain à deux mains près de sa poitrine, elle le mangeait à petites bouchées qu'elle savourait. De cette manière, elle semblait se demander comment répondre à cette curieuse marque de sympathie, à moins qu'elle n'ait voulu s'excuser auprès de l'inconnu d'avoir une fois soupçonné qu'ils aient pu contenir du poison.

Il me semble que c'était au moment où, après avoir tout goûté, nous étions revenues au petit pain à la confiture du début. Mademoiselle Kiriko s'est absentée. D'après l'agitation des adultes, j'en déduisis qu'il s'était passé quelque chose de grave.

Je harcelai l'autre domestique avec mes questions, tant et si bien que j'appris enfin que mademoiselle Kiriko avait été mêlée à une sombre histoire. Dans la chambre d'un jeune homme qui s'était pendu trois jours plus tôt, on avait retrouvé plusieurs lettres à son nom, et c'est ainsi que la police avait décidé de l'interroger.

— Tu as compris ? C'est un secret. Madame nous a interdit d'en parler.

— Qui c'est celui qui s'est suicidé ? Il est d'où ? Hein, dis-le-moi s'il te plaît, insistai-je obstinément.

— Un apprenti boulanger.

Et elle posa l'index sur ses lèvres, comme si elle venait de dire quelque chose d'abominable.

Le lendemain, mademoiselle Kiriko apparut à l'heure normale, mais elle ne semblait pas aussi en forme que d'habitude. Sans doute ne voulait-elle pas croiser les regards, car elle passa son temps à faire la poussière, tête baissée, tandis que même l'éclat de son rouge à lèvres avait terni.

Tout le monde faisait ses commentaires par-derrière. Ils étaient à la veille de s'enfuir tous les deux, l'ouvrier boulanger l'avait entretenue, c'était mademoiselle Kiriko qui l'avait séduit la première...

Tout était mensonger. Aucune des lettres retrouvées n'avait été postée, mademoiselle Kiriko ne connaissait même pas l'existence de cet ouvrier boulanger. Elle avait seulement reçu des petits pains sortant du four.

Et pourtant, mademoiselle Kiriko n'eut pas une parole de protestation. Je ne tenais pas en place tellement je craignais qu'elle soit finalement considérée comme la cause réelle du suicide.

Après avoir essoré énergiquement la serpillière, elle frottait le sol de la cuisine, frottait la porte d'entrée, frottait toutes les fenêtres de la maison. Alors que même si cette histoire s'était terminée tristement, j'aurais voulu parler avec elle de ce goûter secret dont nous avions l'explication, cela n'a jamais été possible. Elle était tellement absorbée par son ménage silencieux. Elle ne laissait aucune trace derrière elle. On aurait dit qu'en agissant ainsi, elle déplorait du fond du cœur la mort de l'inconnu.

Par la suite, il n'y eut plus de petits pains déposés dans le panier de la bicyclette. Je n'arrivais pas à me défaire de l'habitude de vérifier si elle n'avait pas un sac en papier de la boulangerie quand elle rentrait des courses. Je jetais un coup d'œil et me disais brusquement : "Ah, c'est vrai, l'inconnu est mort."

La fin de notre goûter secret… C'était la première fois que je réfléchissais à la mort.

Mademoiselle Kiriko semblait retrouver peu à peu de l'entrain. Tout le monde s'était lassé des rumeurs.

J'écrivis un petit récit sur cette affaire. L'histoire d'un ours muet qui, tout couvert de farine, cuisait chaque jour du pain au fond des bois. Ce jour-là, j'étais assise à la table de la salle à manger, en train d'écrire la suite de mon récit. En face de moi, ma mère était en train d'éplucher des marrons pour confectionner les gâteaux de la kermesse de la paroisse.

Lorsque je revins après avoir quitté un instant ma place, mon stylo avait disparu. Ma mère avait fini son travail, et le tas d'épluchures avait disparu lui aussi. Je feuilletai nerveusement mon cahier, retournai la nappe, crapahutai sous la table.

Je ne retrouvais pas mon stylo. J'avais commencé le troisième chapitre de mon récit, encore un peu et il aurait été terminé. Les yeux rivés sur la page blanche de mon cahier, c'est la peur, plus que le choc ou la tristesse, qui m'assaillit en premier. Comment pourrais-je remplir ce blanc, maintenant que l'on m'avait enlevé mon stylo ? Je n'avais plus rien dans les mains. Le récit ne pouvait plus avancer. Il n'y avait plus qu'un monde tout blanc.

— Ton stylo ? Je n'en sais rien, moi. Tu as bien vu que j'épluchais des marrons. Je n'ai pas plus touché à ton stylo qu'à autre chose.

Même si je m'y attendais, évidemment, ma mère ne me montra aucune sollicitude.

— Où as-tu mis les épluchures ?

— Dans l'incinérateur, bien sûr, me dit-elle en pointant le doigt vers l'arrière-cour.

Elle était toute à la fabrication de ses petits gâteaux. Il fallait semble-t-il qu'elle plonge rapidement les marrons dans le sirop avant qu'ils ne changent de couleur.

Je courus vers l'arrière-cour. La fumée s'élevait de l'incinérateur. J'enlevai précipitamment le couvercle, et comme je remuais avec le pique-feu, des cendres s'en élevèrent. Je suffoquai et fus prise d'un accès de toux.

— Attention à ne pas te brûler.

Avant d'entendre sa voix, j'avais senti la présence de mademoiselle Kiriko derrière moi. Elle me frotta le dos jusqu'à ce que je m'arrête de tousser, puis brassa doucement les cendres avec le tisonnier.

Bientôt apparut un paquet enveloppé de papier journal à moitié consumé d'où tombèrent les épluchures des marrons. Alors que le paquet continuait à se défaire, le bout du tisonnier cogna contre quelque chose de dur.

C'était mon stylo. L'extrémité de la plume était noire de suie, le corps déformé, et mes initiales fondues étaient pratiquement illisibles. J'avais beau le scruter, je ne trouvai nulle part les vestiges du temps où il filait les mots au bout de mes doigts.

Peut-être que l'expression la plus appropriée pour qualifier mademoiselle Kiriko est de dire qu'elle n'avait pas son pareil pour retrouver les choses perdues. Pour la flûte comme pour le stylo à plume, elle avait agi avec la virtuosité d'une magicienne.

Pour autant, elle n'était pas du genre à se vanter de ses bienfaits. Elle ne se croyait pas du tout capable de magie. Son souffle n'était pas rauque, elle ne prenait pas l'air inspiré, sa main qui apparaissait soudain devant moi tenait simplement la flûte ou le stylo à plume.

Je n'ai pas eu l'expérience des faits que je vais relater maintenant. J'ai rassemblé ce qui m'a été raconté avec beaucoup de retenue par mademoiselle Kiriko elle-même, les circonstances qui les ont entourés obtenues auprès de ma mère, et des bribes d'histoires échappées du souvenir de toutes sortes de gens bien des années plus tard, qui forment le contour de la réalité telle que je l'ai interprétée.

Mais je crois que cela évoque bien l'importance du rôle qu'elle a joué. D'autant plus qu'elle n'a jamais reçu les faveurs de personne. J'étais bien trop petite pour connaître véritablement la signification du bonheur qu'elle nous a apporté.

Mon père collectionnait par goût les poteries anciennes, et un collectionneur auquel il était redevable pour son travail lui ayant demandé avec insistance de lui céder un vase, il avait fini par se résoudre à le lui vendre. Ils s'étaient entendus sur un prix assez élevé, de l'ordre de celui d'une voiture.

Tout avait été organisé pour que le vase soit remis dans le lobby de l'hôtel où le collectionneur était descendu. Mais le jour du rendez-vous, mes parents ayant une affaire urgente à régler, mademoiselle Kiriko fut désignée pour faire la livraison à leur place. Ce n'était pas un travail difficile. Bien sûr, il fallait faire attention à transporter le vase sans le briser, mais ensuite, il suffisait de le donner au collectionneur. Cela ne posait aucun problème de s'en remettre à mademoiselle Kiriko.

Comme j'ai oublié le nom de ce collectionneur, disons par exemple qu'il s'appelait Yasuo Hattori. Un nom comme ça, pas particulièrement rare, mais pas particulièrement répandu non plus.

Mademoiselle Kiriko, tenant fermement à deux mains le coffret contenant le vase, s'est adressée au concierge de l'hôtel.

— Monsieur Yasuo Hattori, s'il vous plaît.

Le concierge parcourant le registre d'un geste expérimenté a aussitôt trouvé le nom de Yasuo Hattori et téléphoné à sa chambre.

— Monsieur Hattori, une personne vous attend à la réception.

Ce concierge, manifestement chevronné, a indiqué à mademoiselle Kiriko les canapés du lobby.

Il a fallu un certain temps pour que monsieur Yasuo Hattori descende de sa chambre. Mademoiselle Kiriko a attendu sagement pendant dix minutes ou un quart d'heure. Un boy est venu lui demander si elle voulait prendre quelque chose, mais elle a refusé. Préoccupée par le vase, elle a posé le paquet sur le sofa à côté d'elle, puis sur la table, mais elle a pensé qu'il ne fallait pas trop le bouger et l'a repris sur ses genoux.

Lorsque la porte de l'ascenseur s'est ouverte, laissant le passage à un homme grand et maigre, mademoiselle Kiriko a dit qu'elle avait tout de suite su qu'il s'agissait de ce monsieur Hattori, même si c'était la première fois qu'elle le voyait. Parce que l'homme, sans hésiter un seul instant, avait dirigé son regard vers elle et l'avait saluée poliment.

— Excusez-moi de vous avoir fait attendre.

Il s'est assis, a croisé les jambes, a sorti une cigarette de la poche de son veston, s'est mis à fumer.

Il n'avait pas du tout l'air suspect. Son attitude n'était ni intimidée, ni méfiante. Il portait négligemment un costume de bon goût, fleurait bon l'eau de toilette, était confortablement assis.

Mademoiselle Kiriko se présenta et s'excusa de ce que mon père, qu'elle remplaçait, n'avait pas pu venir.

— Je suis venue vous apporter l'objet promis.

Elle a défait le paquet, a déposé devant l'homme le coffret contenant le vase.

— Cela ne vous dérange pas que je vérifie ce qu'il y a à l'intérieur ?

— Bien sûr que non.

L'homme a sorti le vase, l'a regardé à distance, l'a touché, et a même été jusqu'à l'examiner sous tous ses angles à la lumière du lustre.

Mademoiselle Kiriko a senti que c'étaient les gestes de quelqu'un habitué à manipuler les objets anciens. Il lui avait fait, dit-elle, la même impression que mon père lorsqu'il regardait ses vases. Pendant ce temps-là, l'homme n'a pas eu un mot de trop. Il n'a même pas laissé échapper un soupir. Puis il a remis le vase dans son coffret en disant :

— C'est parfait.

Lorsque mademoiselle Kiriko lui a demandé de signer le reçu qu'elle avait apporté, il a acquiescé en silence, a sorti un stylo de la poche intérieure de sa veste, a signé : "Yasuo Hattori".

Jusque-là, on peut dire que mademoiselle Kiriko a fidèlement suivi les consignes de mon père. En tous points elle s'était conformée au plan, s'était montrée polie, n'avait pas abîmé le vase.

Mais dès que le stylo fit son apparition, son plan se détraqua. Elle avala sa salive, les yeux rivés sur la main de l'homme. C'était le stylo à plume qui était censé avoir brûlé avec les épluchures de marrons dans l'incinérateur. Fin, en argent et de fabrication suisse. Et derrière la main qui le tenait, bien sûr, il y avait les initiales YH.

Elle a réfléchi sérieusement pour savoir si elle ne se trompait pas, si en réalité il n'était pas complètement différent malgré la ressemblance. La sensation froide de la matière, son éclat, le frottement de la plume glissant sur le papier, la courbe de l'angle du Y… Tout était pareil. Elle avait l'impression que la fée qui s'était perdue après avoir quitté la main d'une petite fille de douze ans était venue poser ses ailes d'argent sur celle de ce monsieur Hattori.

Après avoir vérifié plutôt deux fois qu'une qu'elle ne prenait pas une décision trop hâtive, mademoiselle Kiriko a demandé à l'homme :

— Vous ne voudriez pas par hasard me confier ce stylo ?

Elle a dit que les mots lui étaient venus tout naturellement. Elle n'a pas eu besoin de prendre des précautions ni de réfléchir outre mesure. Il paraît que lorsqu'elle s'en est rendu compte, les mots résonnaient déjà entre eux.

Elle évoqua brièvement le mystère qui entourait le stylo et proposa même de le lui payer. L'homme ne parut pas s'offusquer de cette demande inconvenante, et lorsqu'il eut entendu l'histoire, il répondit en vissant et en dévissant le capuchon du stylo :

— C'est d'accord, mais je ne peux pas vous demander d'argent. Je vous l'offre avec plaisir, comme une récompense pour la peine que vous avez prise à m'apporter ce vase.

En disant cela, monsieur Hattori avait déposé le stylo à plume dans la paume de mademoiselle Kiriko. Doucement, avec tendresse et ménagement.

La méprise fut découverte le jour même. Le soir, il y eut un coup de téléphone de monsieur Hattori disant qu'il avait attendu toute la journée et que le vase ne lui avait pas été livré. Mademoiselle Kiriko, qui avait répondu au téléphone, lui expliqua qu'il avait bien été livré par ses soins, mais elle s'entendit répondre d'une voix pleine de colère à l'autre bout du fil qu'il ne voulait pas discuter avec une fille comme elle. La voix étant vraiment différente de celle de l'homme qu'elle avait rencontré dans la journée, mademoiselle Kiriko commença à s'inquiéter.

Mon père est finalement rentré à la maison, et après avoir téléphoné à droite et à gauche pour se renseigner, il a fini peu à peu par comprendre ce qui s'était réellement passé. Ce jour-là, deux personnes exactement du même nom séjournaient dans l'hôtel. Le concierge ne s'en était pas aperçu, et avait appelé le monsieur Hattori qui n'était pas collectionneur.

Naturellement, le "faux" monsieur Hattori n'avait sans doute aucune idée de ce qu'était ce vase, ni de qui mademoiselle Kiriko était l'envoyée. En l'apercevant, ou même dès le moment où il avait reçu le coup de téléphone de la réception, il aurait dû se contenter de dire que c'était une erreur. Mais il ne l'avait pas fait. Il avait accepté le vase avec dignité. Pendant ce temps-là, le "vrai" monsieur Hattori s'énervait en attendant dans sa chambre. La signature sur le reçu était complètement différente de celle qu'il aurait dû y avoir.

Juste après avoir réceptionné le vase, le "faux" monsieur Hattori avait effectué précipitamment les formalités de check-out, puis avait disparu dans la nature. L'adresse laissée à l'hôtel était fantaisiste.

Etait-ce un usurpateur, ou avait-il profité d'une simple coïncidence ? Personne ne le sut. Puisqu'il avait donné une fausse adresse, c'était peut-être un personnage suspect dès le départ. Ce qui était clair, c'est que le vase avait disparu et que le stylo était revenu.

Peu de temps après l'affaire du vase, mademoiselle Kiriko a arrêté de travailler chez nous. Elle est partie après avoir serré Agata dans ses bras et m'avoir simplement dit au revoir. Officiellement, c'était pour rentrer se marier dans son pays natal.

Personne ne lui avait reproché de s'être laissé dérober le vase par ruse, mais je crois qu'elle devait se sentir responsable. Peut-être n'avait-elle pas réussi à oublier l'affaire de l'apprenti boulanger. J'eus beau essayer de la retenir, cela ne servit à rien.

J'ai rassemblé les histoires du parfait au chocolat, de la flûte et de l'ours muet pour en faire un livre que je lui ai offert. Je l'avais écrit avec le stylo à plume de monsieur Hattori. Mademoiselle Kiriko l'a rangé dans la poche intérieure de son sac de voyage pour ne pas l'abîmer. Agata a alors aboyé pour lui dire au revoir.

Je me souviens encore très bien du jour où mademoiselle Kiriko est arrivée avec le stylo.

— Comment as-tu fait ? Tu as encore demandé aux ouvriers de la fabrique de meubles ? m'étais-je écriée, tout excitée.

Elle avait pouffé en secouant la tête.

— Mais non. Il est seulement revenu là où il doit être, m'avait-elle répondu en glissant le stylo au creux de ma main.

Et elle avait ajouté :

— Vas-y, écris avec ça.

EDELWEISS

C'était un après-midi de janvier. Alors que le ciel était complètement dégagé, l'air était gelé, et les flaques d'eau à l'ombre étaient couvertes de glace. Lorsque, de temps à autre, le vent soufflait, les taillis bruissaient et la balançoire remuait. Parce que j'avais oublié mes gants, mes deux mains enfoncées dans les poches de mon manteau étaient toujours aussi engourdies par le froid.

Sur les bancs placés autour de la fontaine étaient assis un homme qui ressemblait à un ouvrier, une vieille dame et une femme avec un bébé dans les bras. Ils étaient tous silencieux dans la pâle lumière du soleil.

— Vous venez souvent dans ce jardin public ?

C'était spécial pour moi, d'adresser la parole à un homme de cette manière.

— Non. C'est très rare… me répondit-il aimablement, sans méfiance, en levant les yeux du livre de poche qu'il était en train de lire. Je viens tout juste d'emménager, ça fait à peine trois mois.

— Ah bon ?

Je donnais des petits coups dans le tas de feuilles mortes à mes pieds.

C'était la première fois de ma vie que je parlais sans motif à un inconnu. J'ai un caractère extrêmement prudent, et la plupart du temps j'aime être au calme.

Et pourtant, à ce moment-là, j'ai bravé une habitude qui durait depuis de longues années.

— C'est intéressant ce que vous lisez ?

Ce n'était pas insurmontable. Juste une petite aventure, par plaisanterie. Je pensais alors qu'elle me serait pardonnée. Pour la bonne raison que cet homme lisait mon roman.

— C'est le roman qui compte le plus pour moi, répondit l'homme. Je le lis et le relis tout le temps. Et ça me fait de la peine d'en tourner les pages.

Il a refermé le livre de poche sur ses genoux, a caressé la couverture. Ne sachant quoi répondre, je lui ai adressé un sourire ambigu.

— Quand il n'en reste plus beaucoup, je lis chaque page comme si je la léchais. La sensation des mots se transmet réellement à ma langue.

L'homme s'était tourné vers moi et me regardait droit dans les yeux. Il avait les lèvres gercées, et le bout de son nez, rouge, était écorché. Son front était semé de traces de boutons écrasés.

— Bien sûr, j'ai tout lu depuis ses débuts. J'attends chaque jour avec impatience que sorte son nouveau livre. Quand je trouve une librairie en ville, je ne peux pas passer devant sans y entrer. Je ne peux pas m'empêcher de vérifier si les romans que j'aime y sont bien placés et s'ils sont soignés correctement. Il arrive parfois qu'une librairie ne les ait pas. Alors je perds aussitôt mon calme, j'ai des palpitations et je sens même la colère monter en moi. J'ai l'impression d'avoir reçu un coup de pied et d'avoir été victime d'une terrible trahison.

L'homme qui avait parlé d'une traite reprit après avoir avalé sa salive :

— J'aime lire dans toutes sortes d'endroits. Sur un banc au jardin public, à table, à l'église, dans une cabine téléphonique, dans la salle de bain, sur l'étagère à chaussures, dans un placard, derrière les rideaux... C'est pour cette raison que je porte un vêtement qui a beaucoup de poches, que je remplis de livres afin de pouvoir en sortir un à n'importe quel moment. A cause de cela, mon corps est lourd et j'ai un peu de mal à trouver mon équilibre... Tenez, regardez.

Il a ouvert son manteau. A l'intérieur étaient cousues des poches se touchant presque l'une l'autre, dans lesquelles étaient rangés mes livres. Elles paraissaient faites de chiffons assemblés à gros points irréguliers qui se défaisaient par endroits. Néanmoins, les livres que j'avais écrits étaient sagement couchés dans le lit qui leur avait été attribué.

— C'est un manteau épatant ! Oui, c'est vraiment une bonne idée… Eh bien, je ne vais pas tarder…

— Et pas seulement mon manteau, m'interrompit-il d'une voix un peu plus forte, et ayant remonté son gilet, il se pencha pour me montrer l'arrière de son pantalon en me racontant la peine qu'il avait prise pour y fixer des poches un peu partout.

Alors que je voulais mettre à profit une interruption dans la conversation pour prendre congé, l'homme continuait à parler sans arrêt, au point que je n'avais pas l'impression qu'il respirait. Les mots éjectés de ses lèvres fendillées et croûteuses proliféraient avec une telle énergie qu'ils étaient pratiquement indissociables.

Les gens sur les bancs tout autour continuaient à prendre le soleil avec plaisir. Personne n'avait remarqué ce qui se passait soudain à côté de moi.

Bientôt une croûte se déchira et du sang apparut. Il le lécha avec sa langue dont il disait qu'elle lui permettait de goûter les mots que j'avais écrits.

— Je sais pourquoi je suis tellement attiré par ces romans.

Il y eut une petite pause. Il avait reboutonné son manteau, détourné le regard, et fixait le livre de poche posé sur ses genoux.

— C'est parce que c'est moi qui suis décrit à l'intérieur.

Il avait le dos rond et un double menton. Ses cheveux frisés étaient assez longs, mais il commençait à se dégarnir et l'on apercevait son cuir chevelu au sommet du crâne. Il n'était pas très grand et, plutôt rond, il avait du ventre. Ses vêtements étaient démodés et bon marché. A moins que ce ne fût qu'une impression due à toutes ces poches rajoutées n'importe comment.

— Je suis toujours présent dans vos romans. Le chirurgien qui apparaît dans celui-ci, le beau garçon qui trahit le héros et le chauffeur qui boit sont tous des personnages élaborés à mon image. Sans moi tu serais incapable d'écrire une seule de tes histoires.

L'homme me tutoyait. Il me montrait brutalement du doigt.

Mes mains, de plus en plus gelées, tremblaient. Je regrettais d'avoir adressé la parole à un inconnu. Cela aurait dû être plus que suffisant d'avoir changé deux ou trois mots à propos d'un roman sans dire que j'en étais l'auteur. Mais c'était trop tard quand je m'en étais rendu compte. La situation avait démesurément enflé, si bien que je n'avais aucune idée de l'endroit où il aurait fallu intervenir, ni comment, pour qu'elle redevienne comme avant.

Je n'aurais pas dû me réjouir innocemment d'avoir découvert quelqu'un qui lisait mon roman. Parce que je m'étais laissé emporter par la joie, la situation était devenue irréversible. Je poussai un soupir.

— C'est parce que je suis ton jeune frère.

Et sans se démonter, l'homme répéta :

— Je suis ton jeune frère.

A partir de ce jour-là, j'ai tout fait pour ne plus m'approcher du jardin public. Chaque fois qu'à la gare apparaissait une silhouette qui lui ressemblait de dos, je me dissimulais derrière un pilier. Non seulement je me méfiais, mais je n'arrivais pas à garder mon calme à l'idée que cet homme couvert de livres pût se présenter inopinément devant moi.

Toutes sortes de poches, à l'origine des essuie-mains, des maillots de corps ou des taies d'oreiller, un ventre trapu, une tête chauve, une voix qui s'écoule sans interruption... Toutes ces choses avaient fait leur nid ici et là dans mon corps.

Au bout d'une semaine, j'ai reçu une lettre de l'homme. Le nom de l'expéditeur n'était pas mentionné, mais j'ai tout de suite su qu'il s'agissait de lui. Ce fut la plus longue lettre que j'ai jamais reçue. Sa longueur était tellement remarquable que tous les autres éléments en perdaient leur signification.

Elle courait sur un total de trente-trois feuillets écrits serrés au stylo à bille bleu.

Sans ratures ni marge, même pas d'un millimètre, elle était traversée de part en part par cette règle essentielle. Afin d'y insérer le maximum de phrases, les caractères évoluaient d'une manière propre à chacun, certains avaient des angles aigus, d'autres étaient serrés au maximum, élaborant des formes inimitables. Ces formes me rappelaient les boutons écrasés semés sur son front.

J'ai quand même essayé de la lire. Mais cela n'a servi à rien. Je n'en ai compris que la première ligne.

"J'espère que vous allez bien."

C'est tout.

Pour le dire plus précisément, alors que chaque ligne de chaque phrase était logique et avait un sens, dès que je les lisais successivement, le contour de l'ensemble s'estompait. Les mots commençaient à prendre des prétentions pour eux-mêmes, ce qui produisait des sons discordants. Même si je me concentrais pour essayer d'entendre la mélodie principale, mes oreilles se mettaient à bourdonner désagréablement.

Bientôt, je fis une découverte. Les phrases écrites sur ces trente-trois pages au total étaient toutes des citations de mes romans. Les phrases sorties de toutes sortes d'endroits de toutes sortes de mes romans, métamorphosées par l'écriture qu'il avait inventée, se bousculaient sous mes yeux.

J'ai jeté la lettre dans l'évier, après y avoir mis le feu avec une allumette.

— Je crois que vous vous méprenez…

Lorsque j'ai enfin pu intervenir, je ne m'attendais pas à ce qu'il croise les jambes et me prête une oreille attentive.

— … Vous êtes beaucoup plus âgé que moi, je trouve.

— Cela n'a rien à voir avec l'âge. D'abord, tu sais pas l'âge que j'ai, hein ?

Il parlait en nouant et dénouant la ceinture de son manteau.

— Eeh, bien sûr. Et je n'ai même pas besoin de le savoir. Je crois seulement qu'il vaut mieux que ce soit bien clair, vous n'êtes pas mon frère.

— Quelle entêtée.

— C'est uniquement de la confusion.

— Si ça t'embarrasse, c'est regrettable. Je suis désolé. Mais je t'en prie, n'oublie pas. Je suis ton…

— Non, ce n'est pas vrai. Mon frère est mort. Il est mort à vingt et un ans.

— Peut-être. Mais moi je suis là. Tu vois, je suis bien là, j'existe devant tes yeux.

Réalisant que j'aurais beau attendre indéfiniment, l'occasion de mettre fin à cette conversation ne se présenterait jamais, je décidai en tout cas de garder le silence, de me lever et de m'éloigner rapidement de cet homme qui avait la bouche à moitié ouverte comme s'il avait encore quelque chose à ajouter.

Le soleil était légèrement déclinant et l'ombre des buissons s'allongeait. La croûte gelée d'une flaque à mes pieds se brisa. Je ne me retournai qu'une seule fois, le long des toilettes publiques, pour voir s'il ne me suivait pas.

Le dos rond, il continuait à tripoter sa ceinture. Il faisait aller et venir nerveusement ses doigts comme s'il se disait qu'avec un peu plus d'astuce, il aurait dû pouvoir faire un nœud beaucoup plus joli.

La lettre que j'attendais vraiment de tout mon cœur n'en finissait pas d'arriver. Elle devait me parvenir par avion de Varsovie, Berlin ou Amsterdam.

— S'il te plaît, dis-moi exactement quel est ton programme, lui avais-je demandé, m'adressant à son dos pendant qu'il faisait sa valise.

Alors qu'elle était tout abîmée à l'extérieur, dedans, elle était rangée d'une manière incroyablement fonctionnelle. Le moindre espace libre était occupé par l'objet qui lui convenait. Nœud papillon, somnifères, cassettes, eau de toilette, baguette de chef d'orchestre.

— Tu feras ça après, dis-moi d'abord quand; dans quelle ville, dans quel hôtel tu seras.

Il a enfin levé les yeux de sa valise, a attrapé une pochette en papier de la pharmacie qui gisait non loin, a rapidement griffonné quelque chose dessus.

— Je t'écrirai, avait-il ajouté avant de replonger dans sa valise.

Le sac en papier de la pharmacie était tout chiffonné et sentait le désinfectant. La suite de lettres de l'alphabet occidental qu'il avait écrite était difficile à lire, comme un code secret indéchiffrable. La décrypter me permettait d'oublier le temps de l'attente.

J'ai déplié une carte pour y chercher la ville où il se trouvait. Une ville lointaine, où je n'étais jamais allée. J'imaginais sa silhouette dirigeant l'orchestre. L'éclat des cuivres, l'assistance dans la pénombre, la scène luisante, les micros de prise de son qui pendaient du plafond. J'étais capable d'évoquer tout cela dans les moindres détails. Et pourtant il ne me montrait jamais que sa silhouette me tournant le dos.

Regarder dans la boîte aux lettres devint le travail le plus important de mes journées. Je tournais la clef, ouvrais la porte, et tout en murmurant une prière les yeux fermés, tendais doucement ma main droite. Le bout de mes doigts n'atteignait que le fond froid de la boîte, un mince prospectus ou la lettre de mon faux petit frère.

La deuxième fois que je l'ai rencontré, c'était dans la salle de lecture de la bibliothèque.

— Vous avez lu ma lettre ?

Il avait les bras chargés de livres. Un coup d'œil suffit pour que je comprenne que c'étaient tous mes romans.

— Eeh…

Je refermai le livre que j'avais commencé à lire et me levai pour aller le remettre dans les rayons.

— Je vous remercie. J'ai passé ma nuit à l'écrire.

Il me suivait.

Il portait le même manteau que lorsque je l'avais rencontré au jardin public, et une écharpe marron enroulée autour du cou. La croûte sur ses lèvres avait disparu, mais le nombre de boutons sur son front avait augmenté. Je me suis faufilée rapidement entre les rayons.

— Quand va paraître votre nouvelle œuvre ? Je l'attends avec impatience. Alors il faudra aussi que je réécrive ma lettre.

Non seulement il avait les bras chargés de livres, mais parce qu'il portait son manteau aux multiples poches, il marchait d'un pas chancelant. Il se cogna à plusieurs reprises aux coins des rayons, trébucha, laissant chaque fois échapper une drôle de voix.

Sans faire attention à lui, j'ai quitté la bibliothèque, puis je me suis dirigée vers le parking.

Mais il n'a pas renoncé, il me suivait partout.

— Vous croyez que c'est possible de sortir ces livres sans rien dire ?

J'avais fini par céder, et je m'étais arrêtée au niveau des massifs de l'entrée du parking.

— Eeh, il n'y a pas de quoi vous inquiéter. J'ai rempli les formalités de prêt.

Et il me sourit, le souffle court.

— Pourquoi les empruntez-vous, alors que vous les avez déjà tous ?

— Selon l'endroit où ils sont conservés, les mêmes livres n'ont pas le même aspect, vous savez. Ils aspirent l'atmosphère, les bruits, la lumière et les odeurs de l'endroit, et ils ont leur propre fermentation. C'est pour cela que vous me voyez emprunter vos livres tant de fois, fanfaronna-t-il avant de s'asseoir sur le rebord du massif pour remettre les livres en ordre sur ses genoux.

Le surplombant, je le regardai sans rien dire manipuler mes romans avec soin.

S'il s'était prétendu mon mari ou mon père, je l'aurais sans doute repoussé avec beaucoup plus de froideur. J'aurais peut-être même eu recours à la police pour m'en débarrasser. Mais l'homme se disait mon frère. A coup sûr mon petit frère.

En pleine nuit, les yeux rivés aux mots écrits à toute vitesse sur la pochette en papier, il m'arrivait parfois de me demander ce qui se passerait si cet homme était vraiment mon frère…

C'était tellement idiot que j'en riais bêtement, mais je ne sais pourquoi, je n'arrivais pas à me débarrasser complètement de cette idée.

Un petit frère au dos rond, aux jambes courtes, avec une maladie de peau et fanatique de lecture. Un fou de correspondance, scrupuleux, ayant une écriture bien particulière. Un bavard, qui aimait passer le temps à fabriquer des poches malgré sa maladresse… Ce garçon existait dans ce monde pour être mon frère.

Cette idée n'était finalement pas aussi terrible que je ne l'avais imaginé. Elle était même plutôt paisible. Paisible comme Apollo qui s'ennuyait et me regardait les yeux levés vers moi.

J'avais l'impression que s'il y avait quelque chose qui n'allait pas, c'était plutôt de ma faute que de la sienne. Si je ne lui avais pas adressé la parole, fatigué par sa lecture, il aurait refermé son livre, se serait massé les tempes et se serait sans doute éloigné sans rien dire après avoir noué la ceinture de son manteau. Nos regards ne se seraient pas croisés, nous serions partis chacun de son côté où nous aurions dû pouvoir accomplir à distance notre existence de frère et sœur.

Et si j'avais brûlé la lettre, ce n'était pas parce que je voulais m'éloigner de lui, mais simplement parce que cela s'était heurté à la contrariété que j'éprouvais d'une manière déplacée parce que la lettre de mon ami n'arrivait pas.

La lettre de trente-trois pages au total avait brûlé pendant longtemps. Il s'en était élevé de si jolies flammes que j'avais pensé que le stylo à bille bleu comprenait peut-être un produit spécial. Les mots s'étaient transformés en flammes les uns après les autres, projetant une poussière de feu qui avait éclairé les ténèbres.

— Vos poches sont déjà pleines ? questionnai-je.

— Absolument pas, s'exclama-t-il en secouant la tête. Ce serait me méconnaître que de penser cela.

En se tortillant dans tous les sens, il entreprit de ranger les livres de la bibliothèque un peu partout sur son corps, au dos de son gilet, sur les côtés de sa chemise et dans les ourlets de son pantalon.

— Ça y est, c'est fait.

Il se releva sur la bordure du massif et fit un tour sur lui-même d'un air triomphant. Ici et là il y avait des bosses disgracieuses et le contour de son corps en paraissait encore plus déséquilibré.

— Avec ça, je n'ai pas à m'inquiéter de l'envie de lire vos romans à tout moment. Je peux les sortir à volonté.

— On dirait, oui.

— Maintenant que je suis soulagé, si nous chantions ?

— Chanter ? Pourquoi ?

— Parce que je suis content d'avoir emmagasiné tous ces romans.

— Je vais vous laisser maintenant.

— Ne soyez pas gênée, s'il vous plaît. Je vais vous faire cadeau d'une chanson. Qu'est-ce que je pourrais bien chanter ?... Ah oui, "Edelweiss", c'est bien. C'est une fleur de juin. Le mois de votre anniversaire.

— Non, ce n'est pas la peine de...

Il avait déjà commencé. Les yeux mi-clos, les bras ouverts, il chantait en se balançant. D'une manière tellement exagérée que je me demandais avec inquiétude s'il n'allait pas tomber du rebord du massif.

Cette nuit-là, j'allai chercher mon encyclopédie des végétaux pour l'ouvrir à la page de l'edelweiss.

Il s'agissait sans doute des hauts plateaux alpins. Au-delà de la vague verte qui montait à l'assaut du ciel se découpaient les sommets enneigés. On apercevait au pied de la montagne un petit chalet en pierre et des vaches qui paissaient avec leur clarine autour du cou. Le ciel était d'un bleu profond à faire mal aux yeux.

L'edelweiss fleurissait timidement à l'ombre d'un rocher, comme s'il avait quelque chose à se faire pardonner. Le moindre souffle de vent faisait frémir le duvet qui recouvrait sa tige et ses fins pétales.

Sur ce haut plateau lointain que moi et mon frère, et sans doute aussi mon faux petit frère, n'avions jamais visité, très tôt en ce matin de début d'été, l'edelweiss fleurissait à l'abri des regards. La brume s'en était allée et le ciel était parfaitement pur. Il n'y avait ni ombre, ni douleur, ni choses désagréables, ni doute.

Bientôt la chanson de l'edelweiss commençait. Etait-ce mon véritable frère qui chantait ? A moins qu'il ne s'agisse du faux ? Je ne savais plus très bien. J'avais l'impression qu'ils étaient les mêmes. En tout cas, il s'agissait de la voix d'un petit frère.

Comme pour se mettre à l'unisson de la chanson, le vent se levait, les clarines sonnaient. L'edelweiss frémissait imperceptiblement.

L'homme s'est mis à me suivre n'importe quand et n'importe où. Chez le coiffeur comme chez mes éditeurs, dans des galeries comme chez l'électricien.

Je levais soudain les yeux et le voyais debout devant moi. Il lui arrivait d'être à moitié caché derrière quelqu'un, mais aussi de s'appuyer contre un arbre bordant l'avenue.

Exactement comme un morceau d'étiquette collé en bordure de mon champ visuel. Je voulais à tout prix l'enlever, mais plus je m'évertuais, plus il noircissait, devenait poisseux, et tenait bon.

Cependant, il ne s'approchait pas de moi plus que nécessaire, jusqu'à me toucher, ne m'adressait pas la parole d'une manière intempestive ni ne m'empêchait de faire ce que j'avais à faire. Il semblait modéré d'une façon bien à lui. En tout cas, il avait toujours la même apparence. Entièrement recouvert de livres, et parce qu'il en supportait le poids, le moindre de ses gestes paraissait gauche et douloureux.

Une pluie froide n'avait cessé de tomber, qui le soir venu semblait vouloir se muer en neige fondue. Les deux mains prises par des sacs de supermarché, je marchais avec mon parapluie et la laisse d'Apollo enroulée autour de mon poignet. Je me rendis compte aussitôt qu'il me suivait à quelques pas derrière moi. Son écharpe sur la tête, tout en tenant serré le col de son manteau, il essayait de me rattraper pour marcher à mes côtés, changeait d'avis et se laissait distancer, s'agitait sans pouvoir rester tranquille.

— Je vais vous les porter.

Comme s'il venait enfin de se décider, il était venu se planter devant moi et tendait les mains vers mes sacs. Elles étaient trempées et des gouttes tombaient de l'extrémité de ses doigts. Il les essuya sur le côté de son manteau, mais cela ne servit pas à grand-chose.

— Non merci, ça va.

Je me mis à marcher plus vite. Apollo voulut se retourner, mais je l'en empêchai en tirant sur sa laisse.

— Ne vous sentez pas gênée.

Sans renoncer, il me suivait toujours, voulant absolument tenir quelque chose, que ce soit mes sacs, mon parapluie ou Apollo. Ses cheveux qui sortaient de son écharpe étaient emmêlés, et les boutons sur son front, mouillés, n'en paraissaient que plus rouges.

— Je vais vous aider. Regardez, j'ai les mains libres. Et il pleut de plus en plus fort. Allez, je vous en prie…

— Ça suffit.

Je le repoussai du bras, il se cogna au flot humain et tomba sur le trottoir en laissant échapper un petit cri. L'eau jaillit, son manteau fut maculé de boue et les livres tombés de ses poches s'éparpillèrent autour de lui.

Certains se retrouvèrent dans des flaques, d'autres furent piétinés par les passants.

Oubliant de frotter son manteau, effaré, il se précipita pour ramasser les livres, mais ils s'abîmèrent encore plus alors qu'il tentait, affolé, d'échapper aux passants qui le gênaient. Ceux-ci, comme s'ils avaient peur d'être pris à parti, lui jetaient un bref coup d'œil avant de s'éloigner à pas pressés.

J'étais debout, immobile à côté de lui. Je ne lui tendis pas la main, ne fis pas un geste pour porter secours à mes livres. Apollo, assis à mes pieds, léchait mes sacs.

L'homme a ramassé les livres un à un, en a frotté la boue, les a essuyés aux manches de son manteau, les a remis dans ses poches. Etait-ce à cause du froid ou de la douleur ? Ses jambes étaient toujours étalées sur le trottoir, tandis que ses mains tremblaient légèrement.

— Zut ! laissa échapper un employé en costume qui avait trébuché contre un livre.

C'était l'œuvre de mes débuts, où j'avais écrit à propos de mon frère cadet champion de natation. Il était enfoui sous les détritus accumulés au bord de la chaussée. Il repoussa les feuilles mortes, les sacs de hamburgers et les mégots de cigarettes pour le serrer dans ses bras comme s'il s'agissait de mon frère.

— Allez, viens, Apollo.

Je tirai sur la laisse. Pas pour fuir, mais parce que si j'étais restée ainsi, j'aurais fini par avoir l'illusion que c'était bien mon frère tombé à mes pieds, et que cela m'était pénible.

Finalement, la tournée européenne se termina sans qu'une seule lettre ne me soit parvenue, et mon amant retourna chez sa femme. J'avais essayé plusieurs fois de téléphoner à son hôtel, toujours incapable de composer le numéro jusqu'au bout.

Si je l'avais joint, qu'aurais-je pu lui dire ? Me mettre en colère et lui reprocher de ne pas avoir tenu sa promesse ou faire l'enfant gâtée et bouder ?

J'avais tellement déplié et replié la pochette de la pharmacie qu'elle en était encore plus froissée. Elle gisait au bord du bureau comme un petit chat qui se meurt.

S'il rentrait chez lui, je ne pouvais plus le joindre. Que sa femme s'en aperçoive était ce qu'il craignait le plus. Sa peur était bien plus forte que son amour pour moi, et pour y échapper, cela lui était bien égal de me blesser. En s'obstinant à recouvrir d'une manière définitive mes livres que je lui envoyais dédicacés. En me tournant le dos dans le cabinet de toilette pour se laver soigneusement les dents après l'amour.

Ce jour-là, j'étais partie de chez moi tôt le matin pour ne pas être en retard sur l'heure prévue. Nulle part le printemps ne donnait l'impression d'arriver, et le froid qui imprégnait la ville un peu partout me glaçait.

— Vous avez l'intention de me suivre longtemps comme ça ? le harcelai-je sur le chemin de la gare.

Je savais bien que je pouvais le répéter autant de fois que je le voulais, il ne comprendrait pas, mais à ce moment-là je n'avais pas pu m'en empêcher.

— Je ne vous suis pas. J'ai seulement envie d'être près de vous.

— Ça suffit maintenant.

— Ne vous fâchez pas, s'il vous plaît. Je ne vous dérange pas. D'abord, si je n'étais pas là, vous ne pourriez pas écrire de nouveaux romans. Ne vous gênez pas, puisez autant que vous voulez en moi et faites-en un récit.

Il bombait le torse, comme pour mieux me montrer qu'il y avait là quelque chose à exploiter.

Etaient-ce les stigmates de ce jour-là ? Il avait des sparadraps aux mains. Ils étaient sales, couleur de sang et de poussière.

— Je vous en supplie, aujourd'hui rentrez chez vous. Aujourd'hui seulement, disparaissez de ma vue.

— Il n'y a pas de quoi vous inquiéter. Ma présence n'a pas d'inconvénients. N'est-ce pas ? Puisque nous sommes frère et sœur.

C'était toujours comme ça. Il était persuadé qu'être mon petit frère solutionnait les problèmes du monde entier.

J'ai couru sans m'arrêter jusqu'à la gare. J'ai gravi les escaliers à toute vitesse, me suis précipitée dans un train dont les portes se fermaient et pendant le trajet j'ai fait semblant de dormir. J'ai fait attention à ce que sa silhouette n'entre pas dans mon champ visuel, et j'ai essayé également de ne pas réfléchir à ce qu'on allait me faire là où j'allais.

Mais la sensation de sa présence ne disparaissait pas. J'avais beau essayer de ne pas en tenir compte, elle revenait subrepticement me hanter au moment où je m'y attendais le moins.

Alors qu'il s'agissait d'un endroit où j'allais pour la première fois et que je n'avais pas pris le temps de vérifier sur un plan, j'y suis arrivée sans me perdre. Lorsque j'ai ouvert la porte du cabinet de consultation, je n'avais pas encore repris mon souffle.

Il faisait froid, en plein vent sur le quai de la gare. Assise sur un banc, je regardais distraitement aller et venir les voyageurs. A côté de moi, le dos rond, désœuvré, il se rongeait les ongles, balançait ses jambes. Un train express est passé, soulevant une masse d'air encore plus froid à nos pieds.

Quand j'avais quitté la clinique après la consultation, je l'avais retrouvé en train de lire un livre, appuyé contre la glissière de sécurité. Je l'avais découvert aisément, de l'autre côté de la route où la circulation était intense. En voyant les lobes de ses oreilles rougis par le froid, j'avais compris qu'il m'avait attendue là pendant longtemps.

Un vieux médecin, des infirmières affairées, plusieurs femmes au ventre proéminent, un pharmacien impassible, une comptable au maquillage épais… Tout un tas d'inconnus avaient jeté un coup d'œil à mon ventre. Cette femme était-elle enceinte ou non ? Leur regard était sans-gêne comme celui des ingénieurs chargés de contrôler les objets passant sur une chaîne devant eux.

Lorsque je repris mes esprits, il me faisait signe de la main. Il referma le livre qu'il lisait, et après avoir ouvert grand les yeux pour vérifier si c'était bien moi, il m'envoya un signe énergique. Il arborait un visage souriant plein de certitude comme pour me montrer que le plus important alors était de m'avertir qu'il était bien là à m'attendre.

Un train arriva, les portes s'ouvrirent puis se refermèrent, et il repartit. Je n'avais pas bougé.

— Vous n'avez pas froid ?

Il a enlevé l'écharpe enroulée autour de son cou pour m'en couvrir les genoux avec des gestes maladroits. Elle était tiède de la chaleur de son corps.

Son menton était bleu et enflé comme s'il se l'était cogné dans sa chute. Cela donnait un contour encore plus hasardeux à son corps déjà suffisamment déséquilibré.

— Vous pouvez lire autant que vous voulez, cela ne me dérange pas, lui dis-je, incapable de le remercier franchement pour son écharpe.

Il a hoché la tête, a défait la ceinture de son manteau, relevé son gilet et sorti un livre d'une poche cousue sur le devant de son maillot de corps au niveau du ventre. C'était mon premier long roman, il avait reçu un petit prix littéraire. Une histoire d'amour entre une jeune fille d'un hôtel et un traducteur de russe.

Comme il était tombé sur le trottoir ce jour-là, la couverture était tachée de boue, et gondolées les pages qui s'étaient imprégnées de pluie. Il passa la main dessus pour les aplatir avant de continuer sa lecture.

— Bon, nous allons voir ici le résultat, m'avait dit le médecin en plaçant une coupelle devant moi. Il y flottait un rond de papier bleu imprégné de mon urine.

Je ne quittais pas des yeux le papier réactif.

Le médecin qui avait posé la coupelle sur son bureau gardait le silence.

— C'est positif, dit-il soudain.

Il est certain que le bleu avait disparu, faisant ressortir un signe bien net au milieu du papier.

— Vous êtes enceinte, insista-t-il, même s'il était poli.

J'ai pensé que c'était exactement comme si on l'avait fait ressortir à la flamme. Enfants, nous nous amusions souvent ainsi, mon petit frère et moi. Nous faisions des concours de lecture de caractères chinois que nous écrivions avec un pinceau trempé dans du jus de mandarine sur des demi-feuilles de papier absorbant. Je faisais exprès de n'écrire que des caractères qu'il ne connaissait pas. Mon frère avait beau exposer et réexposer la feuille à la chaleur du poêle, il n'arrivait pas à les lire et, de désespoir, finissait invariablement par roussir la feuille.

Ce jour-là, la feuille dans sa main s'était enflammée d'un seul coup, comme si elle faisait allusion à son avenir.

Plusieurs trains arrivèrent, puis repartirent. L'homme était absorbé dans sa lecture, j'avais les deux mains enfouies sous son écharpe.

Personne ne se retournait vers nous. Mon amant et mon frère étaient partis pour un monde lointain dont ils ne revenaient pas. La seule personne qui consentait à se tenir près de moi était un homme disgracieux dont je ne connaissais ni le nom ni l'origine. Il n'y avait aucun doute à cela. Je réchauffais bien mon corps à l'écharpe de cet homme.

En l'observant mieux, je me rendis compte que sa silhouette en train de lire lui convenait à merveille. On aurait dit que son corps s'était parfaitement adapté à cette position dans laquelle il restait si longuement.

Son dos était courbé selon le meilleur angle pour diriger son regard, tandis que son ventre rebondi servait de support au livre. Ses doigts étaient suffisamment écrasés au bout pour tourner facilement les pages, ses hanches suffisamment épaisses pour ne pas se rompre sous le poids des livres dont elles étaient ceinturées. Ses prunelles étaient brouillées par une maladie des yeux, mais elles pénétraient facilement dans le monde du récit, saisissant la moindre nuance des mots.

Nous avons pris le train pour rentrer au moment où le jour commençait à tomber. Le signal en a été lorsque l'homme, ayant terminé son livre, l'a rangé dans la poche de son maillot de corps. Finalement, le traducteur de russe se noie dans la mer en sautant du ferry.

En chemin, j'ai acheté un sac de marrons grillés que je lui ai offert.

— C'est pour l'écharpe.

Au début, surpris, il s'est senti gêné, mais il a fini par accepter avec simplicité, et l'a rangé dans une poche de sa manche.

— Il vous reste des poches vides ?

— Eeh.

Il caressa sa manche gonflée.

— Aah, quelle bonne odeur... J'ai toujours une poche prête à accueillir votre nouveau roman quand il sortira, me répondit-il.

Au moment où nous approchions des maisons après avoir emprunté les rues commerçantes des abords de la gare, les réverbères s'allumèrent tandis que le vent se faisait de plus en plus froid. Je marchais tête baissée, le regard fixé sur le bout de mes chaussures.

Où rentrait-il ? Où donc se trouvait la pièce où il enlevait son manteau, vidait toutes ses poches, où il pouvait s'allonger et reposer son corps devenu plus léger ?

Le vent bruissait sans relâche à mes oreilles. Dans l'intervalle flottait le bruit familier de ses pas. Je n'avais pas besoin de me retourner pour me figurer distinctement sa silhouette. Sans doute parce que je sentais constamment sa présence. A tel point que j'avais même l'impression qu'il faisait partie de moi.

Il traînait légèrement sa jambe gauche. De temps à autre, tout en lissant mélancoliquement ses cheveux frisés, il en profitait pour se gratter un bouton. Lorsque je tournais au coin d'une rue, il avançait plus vite pour ne pas me perdre, mais chaque fois un livre menaçait de tomber de l'une de ses poches, qu'il se précipitait pour repousser de la main. Puis, appuyant sa manche contre sa poitrine, il vérifiait si les marrons grillés étaient toujours là.

Avait-il une véritable sœur ? Avait-il la possibilité de se comporter autant qu'il le voulait en frère cadet sans être rabroué ? Je souhaitais que oui. Parce que je pensais qu'il n'y avait pas au monde de frère cadet plus parfaitement accompli.

Dans la dernière courbe, je me suis retournée. L'homme n'était plus là. Seule la pâle lumière des réverbères éclairait vaguement l'asphalte.

Je me rendis compte qu'il avait disparu définitivement alors que le printemps était déjà bien installé. Pendant près de deux mois, je n'étais pratiquement pas sortie à cause de mes nausées. J'arrivais tant bien que mal à sortir Apollo pour sa promenade, mais après, je restais toute la journée blottie au fond de mon lit.

Lorsque, mes nausées terminées, je suis enfin sortie prendre l'air après tout ce temps, j'ai senti que tout était différent. Le vent avait tiédi, mon ventre s'était arrondi au point que je ne pouvais plus le dissimuler, les marchands de marrons grillés avaient fermé boutique.

J'ai regardé autour de moi, cherchant son habituelle présence, mais tout avait disparu : le bruit de la chaussure qui traîne, la silhouette déformée, le regard qui me cherchait. Sa disparition avait été aussi soudaine que son apparition.

Je m'étais peut-être méprise. Je respirai profondément, observai encore une fois avec beaucoup d'attention. Mais le résultat fut le même. Le monde en était au printemps, et j'étais seule.

Quelques jours plus tard, en pleine nuit, je fus réveillée par un bruit inhabituel. On aurait dit un gazouillis d'oiseau ou un ressort qu'on remonte.

Voulant m'assurer de ce qu'il en était, recroquevillée dans mon lit, je tendis l'oreille. Ce n'était pas un bruit désagréable, mais il n'avait pas l'air de vouloir s'arrêter, et en plus il résonnait tout près de moi.

J'ai fini par comprendre. C'était "Edelweiss".

J'ai ouvert le tiroir de ma bibliothèque. Tout en dessous de mon paquet de lettres était rangé un télégramme de félicitations. Un télégramme avec une mélodie, que mon amant m'avait envoyé de l'endroit où il se trouvait au moment où le récit de la jeune fille et du traducteur avait été primé.

"Félicitations. Je prie pour la réussite de celle que j'aime."

Le mécanisme s'était détraqué et la mélodie d'Edelweiss s'était déclenchée alors que la carte n'était pas ouverte. Faiblement, par intermittence, menaçant de disparaître à tout moment, la chanson n'en finissait pas.

LITHIASE LACRYMALE

Apollo est tombé malade. Alors que d'habitude il est le premier éveillé et vient fureter en reniflant sous le lit en attendant avec impatience notre réveil, ce jour-là il est resté immobile, pelotonné sur sa couche.

Au début, je l'ai pris à la légère, et j'ai pensé qu'il devait être fatigué car la veille il avait couru comme il ne l'avait pas fait depuis longtemps sur les galets du lit de la rivière. Tout en donnant le biberon à mon fils, je l'ai appelé plusieurs fois, mais il s'est contenté de hausser vaguement ses oreilles pendantes.

Néanmoins, au moment où je lui préparais sa nourriture, il a quitté son panier pour venir s'asseoir à mes pieds en attendant de pouvoir manger. Mais j'ai eu beau lui répéter plusieurs fois qu'il pouvait commencer, il n'avait pas l'air de vouloir. Il se levait d'un air las et se contentait d'approcher le nez du bord de son écuelle avant de se rasseoir aussitôt.

Je me rendis compte enfin que quelque chose n'allait pas. Jamais dans le passé Apollo n'avait refusé de manger.

— Mais qu'est-ce que tu as à la fin ?

Je lui ai caressé le dos. J'avais l'impression qu'il était un peu fiévreux. Sa langue et ses gencives étaient d'une jolie couleur rose, et sa truffe était humide comme il faut, mais il semblait respirer avec difficulté, et ses yeux restaient à demi fermés. Derrière ses paupières lourdes, il me regardait d'un air désolé.

Soudain, dans un raclement de gorge, il a vomi quelque chose. Une petite masse mousseuse, blanche et opaque, mélange de salive et de suc gastrique. Comme des œufs de batraciens qui commencent à éclore, les bulles éclataient les unes après les autres, pour se répandre sur le sol en se déformant. Mon fils se dirigeant à quatre pattes vers la flaque, je l'ai pris dans mes bras. Apollo se recroquevilla encore plus, comme si après une telle bourde, il ne savait plus où se mettre.

C'était un jour férié, toutes les cliniques vétérinaires étaient fermées. J'ai quand même essayé de téléphoner à celle où j'allais tous les ans chercher le médicament contre la filariose, mais personne ne répondit.

Consultant l'annuaire, je me suis mise à téléphoner par ordre de proximité. Soit je tombais sur un message enregistré expliquant que la clinique était fermée ce jour-là, soit la sonnerie résonnait dans le vide.

Mon fils que j'avais installé dans son parc en secouait les barreaux pour dire qu'il voulait jouer avec Apollo. Leur tâche quotidienne, après le déjeuner du matin, consistait à s'amuser ensemble sur la véranda. Voulut-il répondre à l'invitation de mon fils ? Apollo laissa échapper plusieurs gémissements, à mi-chemin entre la plainte et le soupir.

Je réussis enfin à joindre une clinique se trouvant dans le quartier d'à côté, et qui s'appelait la "Sphinx Pet Clinic".

— Les labradors mangent n'importe quoi, c'est pas rare qu'ils vomissent, vous savez.

La voix de la jeune femme à l'autre bout du fil n'était pas très aimable.

— Non, je ne pense pas que ce soit ça. Il est complètement amorphe et il paraît très faible.

J'entendais dans l'écouteur la femme griffer quelque chose avec irritation.

— Amenez-le avant midi, hein. Parce que le professeur part à midi. C'est jusqu'à midi, répéta-t-elle avec insistance avant de couper la communication.

Mon fils se cognait contre son parc, l'air de n'en plus pouvoir d'impatience. Apollo, langue pendante, frottait sa tête contre ses pattes de devant, secouait la queue. L'écume blanche continuait à éclater tranquillement.

Apollo pourrait-il marcher jusqu'à la clinique vétérinaire Sphinx ? Je me suis rendu compte de ce problème au moment où, ayant rassemblé tout l'argent qu'il y avait à la maison, j'étais en train de le compter pour savoir si ça suffirait pour payer la consultation. C'était absolument impossible de le porter, car il pesait pas loin de quarante kilos, et le taxi n'accepterait sans doute pas de le prendre. En plus, voilà qu'il se mettait à pleuvoir.

— Ça va aller, tu vas voir. Tu seras tout de suite guéri.

J'accrochai sa laisse à son collier, essayai de tirer doucement. Il parvint alors à se dresser sur ses pattes, même s'il était chancelant. Et il pencha légèrement la tête en levant le sourcil opposé. Il faisait toujours cette tête-là quand il voulait vérifier si j'étais contente.

Je changeai les couches de mon fils, mis la capote en plastique à sa poussette, enfilai mon imperméable, car j'avais décidé d'essayer quand même.

— Allez, on y va.

Apollo fit cliqueter la chaîne de sa laisse, mon fils bava sur son escargot en peluche.

Il pleuvait plus fort que je ne le pensais. Mes boots furent aussitôt trempées à l'intérieur, tandis que mon imperméable collait lourdement à mon corps. J'essayai de héler un taxi, mais aucun ne daigna s'arrêter.

Apollo faisait de son mieux pour marcher en suivant la poussette en biais du côté gauche. Il levait de temps à autre sa tête vers moi comme s'il voulait s'excuser de me créer tant de soucis. Mais il avait beau essayer de sauver les apparences, il n'arrivait pas à dissimuler que ça n'allait pas et sa silhouette, tête pendante et pattes traînantes, dégageait une impression funeste.

Au moment où, ayant quitté le quartier résidentiel, nous arrivions dans l'avenue après avoir tourné au coin entre le terrain de sport du lycée technique professionnel et la salle des fêtes, la pluie se fit encore plus violente. En suivant tout droit l'avenue jusqu'au quartier voisin, nous devions arriver à la clinique, mais il pleuvait tellement que je ne voyais rien au bout de l'avenue.

Le poil luisant d'Apollo qui aurait dû repousser l'eau en était imprégné, devenant plus foncé. Mon fils s'amusait à suivre du doigt les gouttes d'eau qui roulaient sur la capote en plastique.

A chaque voiture qui passait, nous recevions des éclaboussures. On ne voyait personne nulle part. Tout était trempé, les arbres de l'avenue, la glissière de sécurité, les roues de la poussette, la laisse, la queue d'Apollo, mes mains.

Il y avait de la brume alentour, qui brouillait tout. Même si je croyais avoir entendu un coup de klaxon ou la sonnerie du passage à niveau, ils étaient aussitôt absorbés par le bruit de la pluie. Je repris la laisse bien en main, repoussai à l'intérieur le pied de mon fils qui était sorti de la capote. Mon imperméable, comme un horrible instrument de torture, emprisonnait mon corps inexorablement. Nous avions beau marcher et marcher encore, la pluie seule était là, qui nous dominait.

Nous étions serrés l'un contre l'autre, faisant bloc. Même alors Apollo, gardant les bonnes manières que je lui avais inculquées lorsqu'il était un chiot, marchait à ma hauteur sans dépasser le bout de mes pieds, tandis que je tenais la poussette le plus possible près de moi. Je pensais alors que le plus important était de nous serrer tous les trois. Aucun autre moyen pour échapper à la domination de la pluie ne me venait à l'esprit.

J'avais l'impression que nous étions seuls au monde, abandonnés. Un bébé de dix mois, un labrador mâle et moi.

Tous les autres sans exception n'étaient-ils pas partis quelque part dans un endroit lointain ? En cachette, sans nous dire au revoir, en emportant seulement leurs précieuses affaires.

Peut-être en avait-on décidé ainsi dans un lointain passé. Personne ne nous avait prévenus, on nous avait laissés.

Curieusement, cette pensée ne m'était pas du tout pénible. Je ne me sentais pas seule, je n'étais pas désespérée non plus. Au contraire, je me sentais presque rassurée.

Personne ne nous dérangeait. Mes mains froides étaient réchauffées par les joues tièdes d'Apollo.

Je regardai ma montre. Le cadran en était trempé. Il restait quarante-cinq minutes avant midi.

Voulant m'offrir un collier de perles avec les droits d'auteur reçus pour mon premier livre, et fatiguée, n'ayant toujours rien trouvé après avoir passé ma journée a faire le tour des bijouteries, je m'étais assise sur le banc d'un arrêt d'autobus, juste en face d'une animalerie. C'est ainsi qu'au lieu de perles, j'avais acheté Apollo. Il était âgé de trente-huit jours.

Les chiots qui venaient soi-disant tout juste d'arriver de chez le reproducteur formaient une petite boule comme une pelote de laine dans un coin de la cage. Au milieu de tous ceux qui dormaient, fatigués du voyage, un seul était sorti de la boule en se dandinant.

Le soleil couchant éclairant son poil beige le faisait briller si joliment que je n'ai pas pu m'empêcher de le toucher. A partir du côté de ses pattes de devant en allant vers le dos, il s'y mêlait des poils blancs en forme de croissant de lune. Son museau noir palpitait constamment, toujours en alerte, et sa queue, bien que courte, se dressait vaillamment vers le haut.

J'ai glissé mes doigts à travers les barreaux. Le chiot me fixait intensément. Ses paupières ne battaient pas, et son regard était si profond que je craignis un moment que ses yeux, semblables à des billes de verre, ne viennent rouler sur mes paumes.

Etait-il trop faible, le papier journal sous ses pattes était-il glissant ? Même s'il faisait la culbute, ses pattes arrière n'arrivant pas à le soutenir, il ne me lâchait pas du regard. On aurait dit qu'il se demandait qui j'étais et qu'il était sûr de m'avoir déjà vue quelque part.

Les gens qui venaient à la maison, qu'il s'agisse d'éditeurs, de vendeurs ou de fournisseurs, tous aimaient Apollo. Même ceux qui ne m'aimaient pas.

Le père de mon fils excepté. Il a fini par nous tourner le dos et s'en aller.

Il disait qu'il ne savait pas trop comment lui faire des câlins. Il n'y a pas de façon spéciale pourtant. Je prends la base de ses oreilles entre mes mains et frotte mes joues contre les siennes. Il essayait bien de faire la même chose, mais dès qu'il le touchait, on aurait dit un mystérieux sorcier essayant de lui jeter un sort.

Ce qui l'énervait le plus, c'étaient ses poils. Quand il arrivait, avant de me prendre dans ses bras, il se mettait à les ramasser. Il déchirait du ruban adhésif, qu'il enroulait autour de ses mains, et crapahutait sur le sol avec une telle ferveur qu'aucun poil ne lui échappait. Apollo et moi attendions sagement dans un coin de la pièce pour ne pas le déranger.

Sa position, avec ses genoux repliés, son dos rond et son regard concentré, le rendait tout petit. On aurait dit que son corps avait rétréci çà et là d'une manière artificielle. On ne pouvait pas croire qu'il s'agissait du même corps que lorsqu'il brandissait sa baguette. C'était un jeune chef d'orchestre qui voyageait à travers le monde.

Il détestait encore plus lorsqu'il y avait des poils sur ses partitions. Il en suffisait d'un qui tombe en virevoltant au moment où il en ouvrait une pour le plonger dans la confusion. Il était incapable de continuer à travailler tant qu'il ne l'avait pas enlevé et vérifié que sa partition était complètement propre.

Le poil d'Apollo est magnifique. A tel point qu'il n'a rien à envier à la musique la plus merveilleuse. Lorsque nous nous aimons dans le lit, Apollo se fait tout petit sur le sol. Ses oreilles beiges entendent tout, jusqu'au moindre son. Sous la couverture, je sors discrètement la main et lui caresse le dos. Alors, tout naturellement, quelques poils enchevêtrés s'élèvent dans le noir.

Apollo finit par ne plus pouvoir marcher. Sa patte se prit dans un creux entre deux pavés, il s'effondra, et il se démenait mais n'arrivait pas à se redresser. Je décalai mon fils sur le bord de sa poussette dans l'intention de le placer à côté de lui. Quel que soit l'endroit où je le prenais, j'avais beau y mettre toute la force dont j'étais capable, son corps ne se soulevait que de quelques centimètres, tandis que ses quatre pattes pendaient, comme désarticulées.

La pluie n'en continuait pas moins, outrepassant toutes les raisons et les significations. J'étais trempée jusqu'aux os et grelottais de froid. Mon fils avait fini par se mettre à pigner. Je sortis de ma poche un biscuit pour lui faire les dents et le lui mis dans la main. J'en glissai un autre dans ma bouche. Il avait un goût humide de moisi. Je voulais regarder ma montre mais les gouttes de pluie m'empêchaient d'ouvrir les yeux.

C'est à ce moment précis qu'une voiture apparue au bout de l'avenue est venue se glisser le long de notre groupe. Une superbe voiture de tourisme noire.

— Il y a quelque chose qui ne va pas ? demanda une voix d'homme par la vitre entrouverte.

La voix se détachait nettement malgré le bruit de la pluie.

— C'est mon chien qui se sent mal... répondis-je sans desserrer mon étreinte autour du corps d'Apollo.

— Montez.

L'homme descendit prestement de voiture, replia la poussette, la rangea dans le coffre, souleva Apollo sans difficulté, le coucha sur la banquette arrière. Ses gestes avaient l'assurance de quelqu'un bien entraîné. Il avait trouvé sans hésiter le levier de la poussette, et n'avait pas reculé devant la taille d'Apollo. Mon fils serré dans mes bras, je pris place sur le siège du passager. Je n'eus pas le temps de me méfier ni de faire preuve de discrétion.

— Excusez-moi de salir votre voiture.

Ce n'est qu'après m'être assise que je réalisai l'état dans lequel nous étions. Les luxueux sièges de cuir étaient trempés, la veste de l'homme était couverte de boue.

— Je vous en prie, ne vous inquiétez pas, dit l'homme.

Son ton était poli, mais ferme et résolu. Mon fils sautait sur mes genoux en grignotant son biscuit, Apollo respirait en soulevant le haut des pattes. Et pendant ce temps-là, nous étions toujours aussi dégoulinants d'eau.

— Où allez-vous ?

— Euh... Eh bien, à la Sphinx, la clinique vétérinaire Sphinx, répondis-je.

Dans cet espace isolé de la pluie, j'étais plutôt désorientée. Seule l'épaisseur de la porte nous en séparait, et pourtant j'avais l'impression que nous en étions enfin hors de portée. Seuls les essuie-glaces continuaient sans relâche leur va-et-vient.

— Mon chien est malade. Et je n'ai pas trouvé d'autre clinique qui veuille bien l'examiner. Elle ne devrait pas être loin.

Je désignais un endroit invisible à cause du brouillard.

— Je n'ai jamais entendu parler de cette clinique, vous savez.

L'homme enleva le frein à main, embraya.

— Bon, je vais l'examiner.

La voiture fit demi-tour.

C'est à ce moment-là que j'ai commencé à m'inquiéter. Où nous emmenait-il, qu'allait-il nous faire ? je n'en avais aucune idée. Je jetai un coup d'œil au profil de l'homme qui conduisait. Il avait un visage ordinaire, sans aucune particularité qui vaille la peine d'être remarquée. Il paraissait jeune malgré ses manières posées. Mais tous ses sentiments semblaient contenus à l'intérieur de cette banalité même, et il était difficile de savoir quelle était sa véritable nature.

— Je suis vétérinaire, dit l'homme d'une voix égale, comme s'il avait deviné mon trouble.

L'homme me posa des questions détaillées sur les symptômes d'Apollo. Je fis de mon mieux pour y répondre le plus précisément possible. Il stoppa la voiture sous les peupliers qui se dressaient le long du stade de base-ball, et alla s'asseoir à l'arrière pour commencer son examen.

Au fond de moi, je n'étais pas persuadée qu'il fût vraiment vétérinaire. Mais il sortit de la poche intérieure de sa veste, avec des gestes expérimentés, une lampe stylo, un stéthoscope et un thermomètre. Ils étaient tout neufs, et au moins n'avaient pas l'air d'imitations.

Il fit courir ses doigts sur le corps d'Apollo à travers les poils, observa l'intérieur de sa bouche, appliqua le stéthoscope sur son torse et son ventre. Il avait des mains blanches et souples. Il concentrait toute son attention sur l'extrémité de ses doigts afin de trouver le nid de la maladie. Ses dix doigts avaient une expression pleine de tendresse. Et cela, c'était une réalité beaucoup plus importante que de savoir s'il était ou non vétérinaire.

Apollo allait manifestement de plus en plus mal. A entendre sa respiration, j'avais l'impression qu'elle pourrait s'arrêter d'un instant à l'autre. Je serrais fort mon fils dans mes bras. Lui, il voulait un autre biscuit et me donnait des coups de pied sur les jambes.

— Est-ce que c'est grave ?…

J'avais ouvert la bouche, incapable de patienter plus longtemps. L'oreille toujours appliquée contre son stéthoscope, l'homme ne secoua ni ne hocha la tête. Les poils mouillés d'Apollo étaient enchevêtrés entre ses doigts.

J'apercevais le tableau d'affichage, les tribunes et les toilettes publiques. Peut-être était-ce dû à la présence des peupliers ? la pluie paraissait moins violente à l'endroit seul où nous nous trouvions. Il faisait froid dans la voiture saturée de l'odeur d'Apollo.

L'homme appliqua ses doigts sur ses paupières pour lui ouvrir les yeux, qu'il éclaira. Apollo ne se rebiffa pas, au contraire, il s'abandonna entre ses bras. Ses paupières étaient douloureusement enflées.

— Regardez, dit l'homme. Ses yeux sont chassieux et purulents, et l'inflammation est importante. Et tenez, la lumière lui fait mal.

Il approchait puis éloignait sa lampe.

— Ses glandes lacrymales sont bouchées par un calcul.

— Un calcul ? Mais comment cela se fait-il ?...

— C'est une question de tempérament. On peut penser qu'il prend trop de calcium, ou que la nature de ses larmes ayant changé à cause d'une inflammation, les substances minérales se sont accumulées. En tout cas, la dissémination des microbes a provoqué une poussée de fièvre, et tout son corps est atteint. C'est une lithiase cristalline des glandes lacrymales.

Le nom de la maladie qu'il venait de prononcer était bien étrange. Je voulus le murmurer à mon tour, mais je n'y arrivai pas.

— Ne vous inquiétez pas. Tenez, si on fait comme ça...

Il pinça les paupières entre ses doigts, pressa comme sur un tube de peinture. Et soudain, un petit bloc sortit du bord de son œil et tomba sur sa paume.

— Ça…

Il tendait sa paume vers moi pour me permettre de mieux voir. C'était un cristal blanc et translucide, comme des petites perles de sucre d'orge collées l'une à l'autre. Mon fils et moi observions ce qui venait de sortir des paupières d'Apollo en retenant notre respiration comme si, curieusement, le moindre souffle aurait suffi à les détruire. L'homme offrait toujours patiemment sa main.

Depuis, Apollo n'est pas une fois tombé malade. Pour diminuer le calcium, j'ai remplacé l'os de bœuf que je lui donnais au goûter par du concombre. Le concombre est tout de suite devenu sa friandise préférée.

De temps à autre, je me souviens du vétérinaire et il m'arrive de lui pincer les paupières. Imitant les gestes de l'homme j'appuie mes doigts sur ses glandes lacrymales, mais il n'y a plus de cristal qui tombe.

Alors que je lui ai demandé plusieurs fois son nom, l'homme ne m'a pas répondu. De la même manière qu'il est apparu, il a disparu tranquillement au milieu de la pluie. Exactement comme un voyageur à la recherche de chiens souffrant de lithiase cristalline des glandes lacrymales.

J'ai cousu une petite pochette en forme de bourse, dans laquelle j'ai mis les cristaux, que j'ai attachée à son collier. Quand Apollo s'amuse à se lécher le bout des oreilles, on peut les entendre s'entrechoquer doucement.

L'ATELIER D'HORLOGERIE

Il y a trois ans, je suis allée dans une île du sud parce qu'une maison d'édition m'avait commandé un petit récit de voyage. Comme il m'était pénible de voyager en compagnie d'inconnus et qu'il y avait aussi Apollo, j'avais commencé par refuser, mais alors que j'étais prise par la rédaction d'un nouveau roman, mes économies s'amenuisant, je m'étais retrouvée dans l'obligation d'accepter.

Prétextant avec un certain aplomb que je voulais me documenter, j'arrivai dans l'île avec deux jours d'avance sur le reste de l'équipe. En réalité, j'avais l'intention de rester enfermée à l'hôtel pendant ces deux jours pour terminer mon roman.

Une fois descendue de l'avion, puis arrivée dans le hall principal de l'aéroport, je m'apprêtais, me semble-t-il, à traverser le rond-point où se trouvaient les taxis lorsque c'est arrivé. Je me suis soudain aperçue qu'un vieil homme marchait devant moi.

Peut-être que s'apercevoir n'est pas le verbe adéquat. L'impression que j'en eus fut plus directe, mais pas forcée, absolument sans violence et même plutôt calme…

Le soleil, fort, me faisait mal aux yeux. Un vent humide, venu de la mer qui s'étendait de l'autre côté de la haie, agitait les hibiscus de l'horloge fleurie. Il y avait eu tellement de secousses dans l'avion que je ne me sentais pas très bien, ayant un peu mal au cœur. Le vieillard portait sur son dos un énorme panier de bambou tressé qui le dissimulait presque entièrement.

J'avais rendez-vous avec l'employé de la société de location de véhicules près du péage du parking, et je sentis bientôt que ce vieil homme allait à coup sûr dans la même direction que moi. Je ne sais pourquoi. Le pressentiment s'était seulement imposé à moi.

Le panier débordait de toutes sortes de fruits. Bananes, melons, papayes, avocats, citrons, pastèques, ananas, mangues, oranges… Ils étaient tous frais et bien mûrs. Certains étaient encore recouverts de rosée matinale.

Ce devait être assez lourd, car le vieillard, le dos courbé, marchait en chancelant, les mains posées sur ses genoux. Alors que j'aurais dû avancer d'un pas plus rapide, alors que j'aurais voulu m'installer à l'hôtel le plus vite possible pour écrire mon roman, j'étais dans l'incapacité totale de le dépasser. On aurait dit que sa silhouette s'était subrepticement introduite en moi, pour se fixer d'une manière indélébile quelque part dans mon cerveau.

Pour autant, il n'avait pas conscience de ma présence. Le vieil homme se contentait de regarder ses genoux.

Mon pressentiment était juste. Arrivés à la sortie du parking, nous nous sommes arrêtés tout naturellement pour reprendre notre souffle. Puis le vieil homme s'est étiré, faisant bruisser les fruits dans son panier, tandis que j'enlevais ma veste pour la ranger dans mon sac. La voiture n'était pas encore là.

Des touristes apparemment arrivés par le même vol passaient devant nous en taxi ou en autobus. Il n'y avait pas d'ombre, pas de banc, et le soleil tapait de plus en plus fort.

— Vous attendez le loueur de voitures ? questionnai-je.

Le vieil homme se retourna, me regarda fixement, et laissa échapper une sorte de son, entre "Aah" et "Hmm". M'apercevant qu'à l'âge qu'il avait maintenant il ne devait certainement plus conduire, je lui renvoyai un petit sourire.

— Quelqu'un doit venir vous chercher, c'est ça ?

Cette fois-ci, il racla sa gorge encombrée de glaires.

Ne pas pouvoir converser ne nous gênait pas vraiment. Parce qu'en voyant ses petits yeux tellement noirs, enfouis au milieu de ses rides, je comprenais qu'à sa manière, il essayait de toutes ses forces de répondre à mes questions.

Quel âge pouvait-il bien avoir ? Il était si fondamentalement, si absurdement âgé, que c'était insensé de vouloir le deviner. Sa peau brûlée par le soleil ressemblait à celle d'un reptile complètement desséché, et tous ses os, du dos, des doigts ou des hanches étaient déformés au point que son corps paraissait encore plus fragile. Presque tous ses cheveux étaient tombés, les veines dessinaient d'étranges motifs sur le dos de ses mains, et sa bouche édentée s'affaissait.

— Votre panier a l'air lourd, hein. Ce serait sans doute mieux de le poser par terre. Je vais vous aider.

Lorsque je tendis la main, il laissa encore échapper une exclamation sans signification et voulut reculer. Il perdit l'équilibre, son panier s'inclina dangereusement, et les fruits à l'intérieur menacèrent de tomber.

— Excusez-moi. Je me suis mêlée de ce qui ne me regardait pas. Ça ira ?

Je m'étais précipitée pour le rattraper. Avec toute ma force, croyais-je, et son peu de réaction me laissa décontenancée.

— Aah, ooh…

Il se frotta les mains, retrouva son équilibre en me faisant signe de ne pas me tracasser.

Il portait ses fruits d'une manière vraiment très habile. Il semblait transporter la juste quantité que lui autorisait son corps. Si l'on avait ajouté ne serait-ce qu'un citron supplémentaire, ses os se seraient aussitôt disloqués, s'effritant en mille morceaux sur le sol.

L'heure du rendez-vous était passée et le loueur de voiture n'arrivait toujours pas. La personne qui devait venir au-devant du vieillard n'avait pas l'air de vouloir se montrer non plus. Il faisait tellement chaud que j'avais des éblouissements. Pensant qu'il y avait peut-être eu un malentendu, je fouillai mon sac de fond en comble et sans résultat à la recherche du prospectus de la société de location de véhicules, si bien que je transpirais encore plus.

Pendant ce temps-là, le vieillard continuait invariablement à porter ses fruits sur son dos.

Je commençais à penser qu'il s'agissait peut-être d'une sorte d'ascèse. Je me disais que chaque fruit symbolisait peut-être une faute humaine, et que pour en demander pardon aux dieux, des saints se sacrifiaient pour les porter.

J'en voyais la preuve dans la fraîcheur de tous ces fruits qui ne correspondait pas à la silhouette si fragile du vieil homme. Ils semblaient avoir aspiré toute sa vitalité.

Leur jus devait être terriblement sucré au point de donner mal à la tête. Un avion au décollage coupa le ciel en diagonale, amorça une courbe au-delà du cap, continua sa montée et fut bientôt aspiré entre les nuages légers. Nous le suivîmes des yeux jusqu'à ce qu'il disparaisse.

Lorsque mon regard s'abaissa, je me rendis compte qu'il y avait une tache jaune sur le cou du vieillard. Elle s'étendait de la base du lobe de son oreille gauche presque jusque sous le menton. Elle était jaune comme une mangue et toute lisse, comme si cet endroit seul avait oublié de vieillir.

En regardant bien, je vis qu'elle avait la forme d'un papillon. Aux ailes symétriques, traçant une courbe subtile, et il y avait même deux antennes. Comme si un véritable papillon s'était posé sur son cou, y trouvant juste assez d'ombre pour s'abriter.

— On tarde à venir nous chercher, hein ? remarquai-je, le regard toujours posé sur le papillon. Je me demande bien quand ils vont finir par arriver.

Voulut-il acquiescer ? A moins que ce ne fût à cause du poids dans son dos ? Sa tête trembla. Suivant le mouvement, les ailes du papillon bougèrent, mais il ne s'envola pas. Il restait là indéfiniment, voulant tout aspirer du vieil homme, le sang, la graisse, la salive, l'albumine, la lymphe, l'urine, les spermatozoïdes, le liquide médullaire...

Malgré son retard, le loueur de véhicules ne s'excusa pas, et en plus il arriva avec une voiture d'un goût affreux, qui ne correspondait pas au modèle que j'avais demandé.

— Si vous voulez, je peux vous emmener, proposai-je plusieurs fois au vieillard. Je ne suis pas pressée, et je peux même faire un détour.

Mais il ne fit pas un pas pour s'écarter de l'endroit où se déversait la lumière.

— En restant là, vous allez finir par attraper une insolation. Je vous en prie, ne soyez pas gêné.

J'ai même pensé le forcer à monter en voiture, mais j'y ai renoncé aussitôt. Parce que je craignais, au cas où son panier de fruits se renverserait sur le sol, que comme pour le citron, l'équilibre parfait qui gouvernait son existence ne se brisât, créant une situation irréversible.

— Allons, allons, dépêchez-vous, dit le loueur de voitures d'un ton agacé.

Il n'eut pas un regard pour le vieil homme. Il se comportait comme s'il n'existait pas.

Le corps du vieillard, dans le rétroviseur, paraissait crouler encore plus. Les fruits étincelaient toujours aussi joliment dans le soleil, et leur éclat semblait le ronger. Il ne bougeait absolument pas. Il ne me fit même pas un signe de la main.

Allait-on vraiment venir le chercher ? Allait-il rester là indéfiniment jusqu'à se dessécher complètement ? En ne laissant derrière lui qu'une poignée d'os en miettes et de fine peau rétractée ?

J'ai appuyé fort sur l'accélérateur. Bientôt le vieil homme dans le rétroviseur devint un point lumineux, qui s'éteignit au moment précis où je passais la vitesse supérieure.

— Eh, notre petit Apollo va très bien, vous savez. Il s'amuse gentiment avec la petite Marina, le berger. Ne vous inquiétez pas.

A l'autre bout du fil, j'entendais des aboiements incessants. La personne de la pension pour animaux répéta plusieurs fois que je n'avais pas à m'inquiéter.

— Il s'est bien promené dans la soirée, il va sans doute bien dormir cette nuit. Il est rentré sagement dans sa cage. Ah oui, j'oubliais. Comme elles étaient un peu sales, je lui ai nettoyé les oreilles. Parce qu'il ne faudrait pas qu'il ait des tiques, n'est-ce pas ?

— Je vous remercie, excusez-moi.

— Mais non, c'est tout naturel. Ne vous inquiétez pas. Cela vous fera un petit supplément.

— Aah, je vous réglerai ça… Il a mangé ?

— Bien sûr, c'est fait. Comme vous nous l'avez indiqué, nous lui avons donné 450 grammes de nourriture pour animaux Pro-plan. Il l'a avalé en un clin d'œil. C'est admirable ! Il n'y a aucun problème. Il aurait seulement tendance à avoir un peu de diarrhée.

— Quand il a une indigestion, ça empire vite. Demain, vous pouvez lui en donner moitié moins, en le faisant gonfler dans de l'eau chaude ?

— Oui, mais il va bien, vous savez. Il n'y a pas d'inquiétude à avoir, je crois. Mais je le note. Diminuer la quantité de moitié, faire gonfler à l'eau chaude. Pour ça aussi il y aura un supplément. Parce que c'est le traitement des chiens malades…

Lorsque j'eus raccroché, il ne resta plus que le bruit de la mer. Alors qu'il se répercutait comme s'il venait des profondeurs lointaines, en regardant par la fenêtre, on la voyait tout près.

Le soleil était déjà couché, et le cap qui tout à l'heure encore était aux couleurs du couchant avait plongé dans les ténèbres. Les lumières qui éclairaient la piscine et celles du restaurant faisaient vaguement ressortir la plage de sable, mais pas le moindre petit éclairage ne parvenait jusqu'à la mer. La lune et les étoiles avaient disparu.

Ma chambre gardait l'odeur du steak grillé que j'avais commandé au room service un moment plus tôt, et de mon sac de voyage jeté en travers du lit dépassaient ma pochette à maquillage et mes bas roulés en boule. J'avais pris une douche, et mes cheveux mouillés qui n'en finissaient pas de sécher restaient collés sur ma nuque. La vapeur qui sortait de la salle de bain faisait des tourbillons près de la bouche d'aération de l'air conditionné.

Je m'assis à la table pour essayer d'écrire la suite de mon roman. La table était simple et frêle. Elle grinçait dès que je m'appuyais dessus un peu trop fort. Les feuillets y étaient restés tels que je les avais posés dans la journée. Je n'y avais pas écrit un seul caractère supplémentaire. Il s'y était seulement ajouté deux ou trois taches de sauce et de vinaigrette.

Je ne sais pas pourquoi, lorsque j'écris un roman, j'ai l'impression de me trouver dans un atelier d'horlogerie.

Un atelier d'horlogerie ?

Je regarde autour de moi en me posant la question. Mais il y a bien là un atelier en briques sagement blotti au fond d'une sombre forêt.

Un établi, dans une morne pièce rectangulaire. Par la fenêtre, on ne voit rien d'autre que le vert des arbres enchevêtrés. Le sol carrelé est très froid.

Je suis seule, assise sur un tabouret, en train de fabriquer une montre depuis des jours et des jours. Le socle en acier inoxydable que j'ai pourtant dépoussiéré avec soin est parsemé de grains de sable, de pellicules, de cérumen et de postillons. Pour éviter d'introduire des impuretés, je fais très attention à l'extrémité de mes doigts.

Je dois fabriquer une montre parfaitement équilibrée, qui n'ait pas le moindre défaut. Je remonte le ressort, serre des vis, insère l'axe. J'enlève l'excès d'huile avec de la benzine, observe à la loupe pour voir si certains éléments ne sont pas abîmés.

Bientôt, je sens que le monde est entre mes mains. Le monde palpite au creux de ma paume. Alors que mon corps si faible est rejeté dans un coin à l'écart du monde.

Le ressort produit une force motrice régulière, les roues dentées de l'engrenage s'emboîtent l'une dans l'autre, la grande et la petite aiguille arpentent les graduations. Cet espace, ce contour et cette éternité calculés. Comme c'est beau ! Je me figure souvent l'objet terminé, plongée dans l'extase.

Et pourtant, ce qui est maintenant devant mes yeux, inachevé, est laid. Il y a des distorsions, des relâchements irréparables. Je démonte tout et je recommence à zéro.

Mon corps est gelé, je ne sens plus l'extrémité de mes doigts. Je suis restée tellement longtemps assise dessus que le tabouret est à moitié pourri. Suis-je vraiment dans un atelier d'horlogerie ? J'observe à nouveau la pièce. D'innombrables petits éléments, des pincettes, des ressorts, de l'huile… Je ne remarque rien d'autre en dehors des choses propres à un atelier d'horlogerie. Au mur sont exposées des montres sans doute fabriquées dans le passé. Est-ce moi qui les ai toutes fabriquées ? Je ne m'en souviens pas bien. Toutes sont recouvertes de poussière et leurs aiguilles ont fini par s'arrêter.

Je sens une présence discrète, je crois que quelqu'un me rend visite, je me retourne, mais c'est toujours un tour que me jouent les arbres secoués par le vent. Ici il n'y a rien. Pas même une tasse de thé bien chaud. Je me tiens seule en bordure du monde.

Je me remets au travail. Des rognures d'ongles, des pellicules, des cils et des bouts de peau se dispersent à nouveau, qui salissent mon univers.

Le lit de l'hôtel avait une odeur de miel. En pleine nuit, le vent qui s'était mis à souffler plus fort fit trembler les vitres. Le son du piano montant du bar du lobby de l'hôtel s'était tu.

Le soir où je me mettais au lit sans avoir écrit une seule ligne de mon roman, j'avais toujours beaucoup de mal à trouver le sommeil. J'ai pensé à Apollo. Ne se sentait-il pas trop à l'étroit dans sa petite cage ? Demain, lui ferait-on ramollir correctement sa nourriture ? N'était-il pas désespéré à l'idée d'avoir été abandonné ?...

J'attendais de m'endormir en reportant sur les différents problèmes d'Apollo l'angoisse de ne pas avoir avancé dans mon roman. Ayant l'impression que la sensation de son pelage tiède inviterait le sommeil à me visiter, je mettais toute mon énergie à évoquer correctement le contour de son corps. Chaque fois que je me retournais dans mon lit, l'odeur de miel s'intensifiait.

Un coup de vent plus fort contre la vitre m'ayant fait sursauter et ouvrir les yeux, je découvris le vieil homme à mes côtés. Il portait le même panier que dans la journée. Pour vérifier que je ne me trompais pas, je fis courir mon regard sur son cou. Le papillon était toujours là.

— Ce n'était pas du miel, hein. C'était l'odeur des fruits ? murmurai-je, et le vieillard, sans secouer la tête dans un sens ni dans l'autre, piétina sur place.

Alors qu'il se tenait ainsi dans la nuit, son panier paraissait plus lourd que dans la journée. Seuls les fruits n'avaient pas perdu leur fraîcheur, même dans la nuit.

— Vous êtes le premier à venir me rendre visite ici. Je vous assure que vous êtes le seul.

Je voulus l'inviter à s'asseoir quelque part, mais je me rendis compte aussitôt que c'était inutile. Le vieillard ne le ferait certainement pas, d'autant plus qu'il n'y avait rien d'autre que le tabouret pourri que j'utilisais.

— Je vous en prie, mettez-vous à l'aise, dis-je cependant, pour essayer de lui montrer mes sentiments.

La table de travail était honteusement en désordre. Pas un seul élément ne se trouvait à la place où il aurait dû être. Mes mains étaient graisseuses, avec ici ou là des égratignures provoquées par des vis et qui suppuraient.

Ce que j'avais pris pour le bruit de la mer était celui des arbres dans la forêt. Sur les vitres de l'atelier se reflétait l'ombre des feuilles enchevêtrées.

Le vieil homme, légèrement en retrait, occupait un espace qui ne me gênait pas dans mon travail, tout en me faisant néanmoins ressentir la chaleur de son corps.

— Comment avez-vous fait pour me trouver ? L'endroit est si triste et si éloigné de tout. Et il n'y a personne pour indiquer le chemin…

Je sentais pleinement sa présence. Elle arrivait jusqu'à ma poitrine, sans être gênée par le carrelage froid du sol et les briques irrégulières des murs. Son panier frottant sa colonne vertébrale, ses talons fendillés incrustés de terre rouge, la douleur des lanières entamant ses épaules, son souffle saccadé… Je sentais tout.

— Si vous voulez, vous pouvez rester un peu ici. Je ne vous force pas. Rien qu'un peu.

Près de moi était le silence. Qu'il y ait un corps sur le point de périr me rassurait. C'était la première émotion que j'éprouvais depuis que j'étais dans l'atelier.

Au début, j'étais désorientée car j'avais l'impression que ce sentiment n'allait pas avec la confusion qui régnait sur la table de travail. Mais je me persuadais aussitôt qu'il n'y avait pas d'inquiétude à avoir. Parce que la sensation de soulagement, tellement puissante et inébranlable, baignait mon corps comme une mer tiède.

Quelque part au lointain de la forêt, un oiseau malade tombait d'une branche. L'odeur des fruits s'intensifiait de plus en plus. Le sommeil me visitait enfin. Je me suis endormie en priant pour que le papillon jaune arrête d'aspirer les liquides du corps du vieillard.

Le jour où l'équipe devait arriver, l'aéroport de l'île fut fermé pour cause de tempête. Lorsque je m'éveillai, le paysage avait complètement changé. La lumière qui la veille dominait l'endroit avait été chassée, des nuages gris recouvraient la mer, et les vagues déferlaient sur le cap en jaillissant. Les feuilles des cocotiers, les massifs de bougainvilliers et les parasols sur la plage, tout était entraîné par le vent.

A ce train-là, il serait sans doute impossible de bouger de la journée. J'y renonçai donc pour écrire la suite de mon roman. Contre toute attente le récit semblait vouloir avancer dans une nouvelle direction. Mais un peu seulement, et doucement. J'avais très peur que la moindre imprudence fasse disparaître de ma paume le récit dont je m'approchais en tâtonnant.

Quand j'écris un roman, j'ai toujours peur. J'écris chaque ligne d'une main tremblante, en retenant mon souffle. Comme si j'empilais les fruits l'un après l'autre dans le dos du vieil homme debout près de moi.

Dans l'après-midi, j'eus un coup de téléphone du rédacteur me disant que comme il fallait s'y attendre, ce ne serait pas possible d'arriver sur l'île dans la journée. J'interrompis la rédaction de mon manuscrit, et après avoir mangé un sandwich à la cafétéria, déambulai sans but dans l'hôtel.

Les fenêtres de la terrasse étaient closes et la porte conduisant à la plage fermée à clef. La pluie arrivait quand même à se frayer un passage, tachant çà et là le sol. D'autres clients retenus eux aussi traînaient dans le lobby, mais en moins grand nombre que la veille et c'était plus calme.

La bibliothèque se trouvait au bout de la terrasse qui bordait la cour intérieure. Elle était pourvue de confortables canapés en cuir, de rayonnages bien disposés et de lampes de lecture qui diffusaient une douce lumière.

Contes d'Andersen, œuvres complètes de Maupassant, album photographique de coraux, guide des cocktails, recueil de poèmes usé, explications de tours de passe-passe…

Il y avait toutes sortes de livres. J'en pris un au hasard avant d'aller m'asseoir sur un canapé au fond.

C'était une encyclopédie pour enfants intitulée : "Dictionnaire en images de la faune et de la flore – Zone subtropicale". Le labre "honsomewake", connu pour être le nettoyeur des mers… Le cône amboina, aux épines qui renferment un poison très toxique… Le martin-pêcheur rouge a les ailes, le bec et les pattes d'une vive couleur vermillon, et son chant "kyororoo" est très pur…

J'ai cherché les papillons. Leurs photographies ailes déployées se succédaient en pleine page. Les couleurs étaient-elles passées parce qu'elles étaient vieilles ou était-ce toujours ainsi dans les encyclopédies ? Ils paraissaient tous épuisés et amorphes.

Celui que j'avais vu la veille était peut-être quelque part. Je les regardai l'un après l'autre. Paon, vanesse, danaïde, papillon-feuille… Aucun n'était pareil. Les couleurs de leurs ailes, leur contour, la longueur de leurs antennes, il y avait toujours quelque chose de légèrement différent.

Celui qui s'était arrêté sur le cou du vieil homme était bien plus vivant. Au point qu'en l'effleurant par inadvertance, on aurait pu disperser ses squamules.

A ce moment-là entra un homme. Il traversa la pièce à grandes enjambées insouciantes, prit un journal sur le porte-revues et s'assit à ma gauche d'une manière tout à fait détendue.

Il portait un col roulé gris qui n'était pas dans le ton d'un hôtel de villégiature d'une île méridionale. Il n'était pas très grand, mais son torse était musclé, ses épaules solides et ses cheveux ondulés et mi-longs prenaient des reflets roux à la lumière. Il croisa les jambes, déplia le journal.

Je maintenais le livre ouvert à la page des papillons, et j'étais immobile, tête baissée. Malgré cela, tous les gestes qu'il faisait se gravaient distinctement dans mon champ visuel. Je sus tout de suite pourquoi. Il avait la même tache dans le cou que le vieil homme.

Portait-il un col roulé pour la dissimuler ? Elle apparaissait dès qu'il remuait un endroit quelconque de son corps. Je remarquais le bout d'une antenne lorsque les ailes commençaient petit à petit à se montrer, celle de droite plongeant dans l'ombre des cheveux avant que, l'instant d'après, le corps ne se dévoile dans sa totalité. C'est pourquoi il paraissait encore plus vivant.

Je calmai ma respiration, voulant me prouver que je m'étais trompée. La distance du lobe de l'oreille, le jaune de la mangue, la forme délicate. Mais je ne m'étais pas trompée.

Nous étions tous les deux seuls dans la bibliothèque. Alors que la tempête faisait rage de plus en plus, les rafales de vent résonnaient au loin et l'on n'entendait rien d'autre que le bruit des pages tournées. La cour striée par la pluie se recouvrait de brume, et la mer qui aurait dû s'étendre au-delà était invisible, cachée dans le brouillard. Au bord de la piscine volaient des matelas de chaises de pont venus de nulle part.

L'homme, ne cherchant pas à lever les yeux de son journal, ne faisait pas attention à mon regard. A moins, peut-être, qu'ayant senti que j'avais remarqué sa tache, il ne fît semblant de ne pas y prêter attention. C'était peut-être le rôle de cette tache, d'attirer le regard des gens. D'ailleurs ne s'était-il pas assis de manière à ce qu'elle se trouve sous le meilleur angle pour être vue de moi ?

Sur mes genoux, j'ai refermé le "Dictionnaire en images de la faune et de la flore – Zone subtropicale".

— Je m'excuse, mais vous n'auriez pas de la famille par ici ?

Je sus aussitôt après avoir prononcé ces mots que ma question était bizarre et incohérente. Mais il répondit en souriant aimablement, sans la moindre méfiance :

— Non.

— Excusez-moi. Je connais quelqu'un qui vous ressemble beaucoup, me justifiai-je bêtement.

— A ma connaissance, il n'y a personne dans cette île qui ait des liens de sang avec moi, répondit-il dignement comme si je lui avait posé une deuxième fois la même question. Vous êtes en voyage ?

— C'est pour le travail. Mais avec un temps pareil, on ne peut rien faire.

— Vous avez raison.

Nous regardâmes dehors. Plus la tempête était violente à l'extérieur, plus le calme qui régnait dans la bibliothèque était profond.

— Moi, je passe mes vacances à me soigner, voyez-vous. Je ne suis pas très malade, mais…

— Vous avez l'air en forme, pourtant…

— Je me suis déplacé les vertèbres cervicales, et elles sont déformées. Une maladie professionnelle, vous savez.

— Quelle est donc votre profession ?

— Chef d'orchestre.

Il caressa son cou par-dessus le col roulé. Son geste fut comme s'il essayait d'attraper discrètement le papillon qui se trouvait là.

Les sièges de la salle de concert sont froids et plongés dans la pénombre. La scène seule est éclairée. Les cuivres qui étincellent sont éblouissants. Même la poussière accumulée au bas du rideau brille de tous ses feux.

Dans l'assistance, en dehors de moi, il n'y a que quelques autres personnes concernées, disséminées ici ou là à distance. De temps à autre, quelqu'un traverse la scène avec du matériel, des cordes ou des partitions. Bientôt, la répétition commence.

Tu arrives dans une simple chemise blanche, et tu frappes à petits coups de baguette sur le rebord du pupitre. C'est la cinquième symphonie de Tchaïkovski.

Interrompant plusieurs fois l'exécution, tu donnes aux instrumentistes des directives précises en y mêlant des gestes de la main… Ecoutez plus les clarinettes… Avant de jouer, concentrez-vous sur l'écoute… Ici, n'essayez pas de passer en force… Oui, un peu comme si vous essayiez de descendre en douceur dans un gouffre… Tu me tournes le dos, et les mots arrivent jusqu'à moi par intermittence.

Comme un poète déclamant ses propres vers, comme un malade mental acculé, tu continues à raconter. Dès que tu te mets à parler, tous les yeux quittent ta baguette pour regarder la partition. Personne ne te regarde, personne ne te parle. Seul te revient le son des instruments.

Pourtant, j'aime le silence quand tu lèves ta baguette et que tous les membres de l'orchestre serrent leur instrument. En se livrant à toi, on obtient une harmonie parfaitement solide. Une harmonie totale, en un instant, comme pour les montres que j'assemble dans mon atelier. J'ai pu me bercer de cette illusion pendant un instant.

Je laisse filer mon regard vers ton cou. Si tu continues à secouer ta baguette aussi fort, tes ligaments vont encore se relâcher et tes os se coincer. Et le col de ta chemise, à force de frotter contre ta peau, va effacer la tache.

Les sièges des spectateurs sont toujours aussi froids. Mais peu à peu, tu commences à transpirer. Tu remontes tes manches, tu passes sans cesse la main dans tes cheveux. Le dos de ta chemise se trempe de sueur.

Ton corps se met à transpirer de partout. Les mains, le front, sous les aisselles, entre les côtes, derrière les genoux, dans le sillon de la colonne vertébrale... Je connais bien la progression. J'en connais aussi le goût quand on lèche.

La première fois que nous nous sommes aimés, la tempête était passée, et les forts rayons du soleil avaient fait leur réapparition. La lumière pénétrant par le balcon éclairait le lit qui venait d'être fait.

La mer était toujours agitée, et la baignade interdite, mais on voyait de jeunes impatients se chauffer le dos au soleil. Les cris des enfants résonnaient au bord de la piscine, et l'on entendait les oiseaux gazouiller dans les buissons de la cour intérieure. Seuls les débris couverts d'algues échoués dans les coins de la plage témoignaient du passage de la tempête.

Nous n'avions pas de temps. Le vol à bord duquel se trouvait l'équipe n'allait pas tarder à atterrir, et sa femme qui se faisait manucurer au salon de coiffure de l'hôtel devait revenir au bout d'une heure.

Je me rappelle que le contact avec le couvre-lit fraîchement lavé, raide, était désagréable. Lorsqu'il vint sur moi, il se froissa encore plus et me blessa la peau.

Il me serrait tellement fort dans ses bras que mon corps était cambré au maximum et que j'avais du mal à respirer. Le tas de feuillets que la femme de chambre avait rassemblés sur la table apparaissait et disparaissait à la limite de mon champ visuel.

Son corps donnait l'impression d'être déformé, ce qui me mettait mal à l'aise. Comparées à ses épaules bien développées, ses jambes étaient étonnamment fines et ses genoux faisaient des bosses. Alors que ses poils pubiens étaient épais, sous ses bras ne poussait que du duvet. Et ses oreilles, le plus important chez un musicien, étaient chétives au point de disparaître totalement sous ses cheveux.

Je faisais mon possible pour essayer de m'inscrire à l'intérieur de ce contour informe. Le dos rond, les jambes repliées, les yeux fermés.

Il m'a traitée comme un instrument de musique. Il a joué de toutes les membranes, de tous les replis et les creux, à la recherche du timbre qu'il désirait. Lorsque ça n'allait pas comme il le désirait, il brandissait sa baguette avec irritation, déchirant l'air.

Je pense avec regret que s'il n'avait pas eu de tache sur le cou, cela ne se serait certainement pas passé ainsi.

— Tu es bien ? me demanda-t-il.

— Eeh, lui répondis-je dans un soupir.

Tous les vêtements que j'avais sur le corps un moment plus tôt étaient éparpillés sur le tapis. Je me sentais au plus bas, à l'idée de devoir les ramasser bientôt, les remettre à l'endroit, les défroisser et m'en revêtir. La combinaison la plus luxueuse, dès lors que l'on m'en dépouillait, se transformait en chiffon crasseux.

Lorsque j'étais nue devant un homme, j'avais toujours l'impression d'être repoussée encore plus en bordure du monde. Je prenais conscience de la faiblesse et de la médiocrité que je pouvais dégager. J'avais l'impression qu'il m'aurait suffi de reculer un tout petit peu pour franchir le dernier rebord et plonger vers les ténèbres du tréfonds de la terre.

Dans ces moments-là, j'avais de la nostalgie pour mon atelier d'horlogerie. Si j'y retournais, le monde se retrouverait dans le creux de ma main.

Mais la peur du noir est si forte et si insupportable que je finis toujours par me retenir au corps qui se trouve devant mes yeux.

Où est passée la tache en forme de papillon ? Je me tortille pour essayer d'embrasser l'endroit. Mais son corps déformé, entremêlé au mien, ne m'en offre pas la liberté.

Encore une fois, j'ai senti une odeur de miel. La souffrance du vieil homme continue. Les fruits dans son dos sont toujours sur le point de réduire ses os en poussière, et les antennes du papillon sont toujours plantées dans son cou.

Je fais ramper mes mains un peu partout à la recherche de la tache. Les mamelons, la pomme d'Adam, la barbe qui repousse, les croûtes, toutes sortes de choses touchent le bout de mes doigts. Bientôt je me rends compte que je caresse une peau terriblement vieille. Surprise par le froid et la rugosité, j'ouvre les yeux et je trouve le vieil homme. Je m'aperçois que sa peau est glacée alors qu'il reste debout en plein soleil, il m'apparaît encore plus pitoyable et je le retiens entre mes bras.

Au fond de mon cœur je suis soulagée. J'ai l'impression que je peux atténuer ne serait-ce qu'un peu la douleur du vieillard.

Je réchauffe de mon souffle ses épaules raidies, je détends lentement ses genoux pliés de longues années durant sous le poids de son fardeau, et tout en faisant attention à ne pas faire tomber les fruits, je le conduis en moi.

La répétition se termine. Les membres de l'orchestre rassemblent leurs partitions, prennent leur instrument, se lèvent. Pendant ce temps-là, les archets frôlant les cordes font trembler l'air par vagues.

Tu échanges quelques mots avec le premier violon avant de disparaître derrière la scène. Tu fais semblant de ne pas m'avoir remarquée. Tu ne m'as même pas jeté un coup d'œil. Seul le bruit de tes pas résonne d'une fraîcheur particulière.

Les lumières de la scène sont baissées, le brouhaha revient alentour.

— Voulez-vous interviewer le chef ? me demande le metteur en scène qui s'est approché.

— Non, ça va. Il s'agit seulement d'un essai personnel concernant l'interprétation.

— Il faisait un peu froid, ici. Excusez-moi. J'aurais dû vous apporter un plaid. En attendant le concert, vous pouvez passer un petit moment de détente au café de l'hôtel. Il ne faudrait pas que vous attrapiez du mal.

Je remercie poliment. Et je pose mes mains sur mon ventre que je croyais avoir recouvert de mes vêtements, et que je ne peux déjà plus dissimuler.

Je me rappelle ce que j'ai ressenti lorsque j'ai menti au metteur en scène :

— Je voudrais prendre le sujet de la musique classique comme thème d'une suite d'essais, serait-il possible d'entrer dans la salle pour la répétition ?

Ce mensonge m'a rendue mal à l'aise. J'étais accablée à la fois par cette façon de mentir – on pardonne tout à un auteur – et son but réel qui était de te rencontrer.

— Bon, alors le lever de rideau est dans une heure et demie.

Et sur un sourire aimable, le metteur en scène s'est éloigné.

Qu'avais-je l'intention de te dire en te rencontrant ? Je n'arrive pas à me rappeler cette chose importante. Je t'ai confié que j'attendais un enfant. Je t'ai écouté aussi lorsque tu m'as expliqué que tu ne voulais pas être dérangé parce que tu devais diriger. C'est pour ça qu'il ne doit rien rester à dire entre nous.

Je remonte en direction de la sortie la pente douce des rangées de sièges des spectateurs. Il n'y a personne dans le lobby où il fait encore plus froid. A travers les fenêtres, on voit que le soleil va se coucher et que la couleur du ciel évolue. La lune blanche et opaque semble flotter sur les rayons du couchant. Dans l'entrée, les programmes s'empilent sur deux longues tables, mais le responsable n'est pas encore arrivé.

Je plonge la main dans ma poche et je chiffonne le ticket de concert. Puis je le jette en le poussant à travers le trou du cendrier.

Je retourne en courant vers l'atelier d'horlogerie. Je n'ai pas d'autre endroit où aller.

Alors que mon ventre est si enflé, je peux traverser la forêt en courant sans regarder de côté. Je ne ralentis pas, malgré les branches pointues qui me griffent les joues, malgré les vrilles qui se prennent dans mes pieds. Je me contente de me hâter vers l'endroit qui m'a été donné pour moi seule.

L'atelier d'horlogerie est toujours là. L'établi et le tabouret pourri m'attendent. Une montre commencée qui ne marque pas encore l'heure correctement est posée là, qui retient son souffle.

Ce soir encore, quelque part au lointain de la forêt, un oiseau blessé tombe d'une branche.

RÉSURRECTION

Ce fut au moment où mon fils venait d'avoir cinq mois. En lui changeant ses couches, j'eus l'impression que l'un de ses testicules était enflé, et je l'ai emmené à l'hôpital.

— Tenez, me dit le médecin en éclairant l'endroit avec sa lampe stylo, regardez comme c'est joli en transparence.

Effectivement, la lumière crème passant à travers les replis du scrotum faisait ressortir l'intérieur par transparence.

Tout nu, mon fils semblait à l'aise, et pas du tout gêné que nous regardions ainsi entre ses jambes, il gigotait de contentement. Le médecin, encore plus soigneusement, pinça le testicule, le soupesa, le regarda en l'éclairant sous divers angles. De tous côtés, la clarté de cette chose transparente restait inchangée.

— C'est pour ça que ce n'est pas une tumeur. C'est une accumulation d'eau, dit le médecin en éteignant sa lampe.

Au moment où, chez le fœtus, les testicules qui sont dans la cavité abdominale descendent, la muqueuse qui pour une raison inconnue n'a pas pu se détacher complètement reste sous forme de poche, dans laquelle l'eau s'accumule. C'est de cela, apparemment, qu'il souffrait. Il fut décidé qu'il serait opéré deux semaines plus tard.

Puisqu'il n'y avait pas de lit disponible dans l'aile pédiatrique, il fut installé dans une chambre double en compagnie d'une vieille dame. On ne savait pas trop de quoi elle souffrait, mais au nombre important de photographies, livres et autres choses variées disposées à son chevet, on pouvait déduire qu'elle était hospitalisée depuis longtemps. Elle se présenta sous le nom d'Anastasia.

— Anastasia ? répétai-je, mais je ne m'étais pas trompée.

J'avais beau l'observer, elle ne paraissait pas avoir de sang étranger dans les veines. Son visage ridé était recouvert d'une épaisse couche de poudre, sa chevelure immaculée joliment rassemblée sur le sommet de sa tête, mais dans l'échancrure béante de sa chemise de nuit, on apercevait sa poitrine flétrie.

L'opération était simple et ne dura qu'une demi-heure. Pour vérifier si cette poche d'eau avait vraiment été enlevée, le soir, lorsque la lumière fut éteinte dans la chambre, j'imitai le médecin en éclairant l'endroit avec la lampe de chevet. La chose transparente avait bien disparu.

Le lendemain, l'infirmière me donna, en souvenir dit-elle, la poche qui avait été enlevée du testicule. Elle était posée sur du coton hydrophile, dans une petite coupelle fermée par un couvercle.

Cela nécessita dix jours d'hospitalisation, à cause de la perfusion d'antibiotiques, pour éviter l'infection de la cicatrice. Chaque fois que mon fils s'agitait ou pleurnichait la nuit, je craignais de déranger la vieille dame à ses côtés, mais heureusement, elle ne faisait absolument pas attention à nous.

Dans la journée, elle passait presque tout son temps à lire et à broder. Elle ne lisait que des livres traitant de l'histoire européenne ou de photographie. Et elle brodait toutes sortes de choses en tissu, mouchoirs, bas, pochette à maquillage, sous-vêtements, sacs, et même les objets fournis par l'hôpital, tels que les draps ou les taies d'oreiller. D'ailleurs, personne ne l'en empêchait. Elle brodait invariablement la lettre A de l'alphabet dans un style fleuri.

— C'est le A d'Anastasia ? lui demandai-je.

— Non. Celui d'Alexandra. Le nom de ma mère, m'expliqua-t-elle.

Et après avoir jeté un discret coup d'œil à une photographie à son chevet, elle s'absorba de nouveau dans sa broderie. C'était un vieux tirage en noir et blanc qui représentait une femme en robe de dentelle ornée de précieux bijoux et de décorations.

Le jour de la sortie de mon fils, lorsque je lui offris un petit cadeau (un assortiment de fils à broder) elle se réjouit tellement que j'en fus confuse, et pour me remercier elle nous prit en photo. L'appareil était assez sophistiqué, et un genou sur le sol, puis à plat ventre sur le lit, elle nous fit prendre la pause pendant un certain temps, si bien que mon fils qui commençait à s'impatienter, poussa un cri étrange avant de mordre dans son escargot en peluche à l'instant même où elle appuyait sur le déclencheur.

— Ce sera certainement une bonne photographie, dit-elle en caressant sa joue plusieurs fois de suite avec les fils à broder.

A la saison suivante, alors que je commençais à oublier l'épisode de la vie à l'hôpital, ce fut à mon tour de présenter un phénomène anormal. Je voulais enlever ma robe et j'étais en train de descendre la fermeture à glissière, lorsque je découvris une bosse au milieu de mon dos, un peu à gauche de la colonne vertébrale.

Elle ne roulait pas sous le doigt, elle était souple, n'offrait pas de résistance, et n'était pas douloureuse quand j'appuyais dessus. Je me déshabillai et utilisai plusieurs miroirs pour essayer de voir ce qu'il en était, mais j'eus beau les incliner et me tortiller en tous sens, elle était toujours un tout petit peu décalée par rapport à mon champ visuel. Je soupirais, fatiguée, lorsqu'Apollo s'approcha et vint lécher exactement l'endroit de mon dos où je supposais qu'elle se trouvait.

— C'est une accumulation d'eau, dit avec désinvolture le médecin qui n'était pas le même que pour mon fils, après l'avoir éclairée avec la même lampe stylo. Ça s'incise facilement, soyez sans inquiétude.

Et il badigeonna aussitôt mon dos d'anesthésique qui me laissa une sensation de froid.

— Il y a très peu de temps, on a enlevé une poche qui s'était formée dans le testicule de mon fils. Vous croyez qu'il y a un rapport avec ça ?

Il ne montra aucun intérêt pour ma question.

— Il y a toutes sortes de poches dans le corps humain, vous savez. Il arrive que certaines soient inutiles et ressortent de cette manière, voyez-vous.

— Mais si pour mon fils c'était un problème qui venait du fœtus, est-ce que ce ne serait pas aussi en relation avec mon corps ?

— Non, vous réfléchissez trop.

— Mais enfin, une drôle de poche qui apparaît ainsi à quelques mois d'intervalle, c'est un peu bizarre, ne…

Je voulais insister, mais une douleur courut soudain le long de mon dos, qui m'empêcha de continuer.

— Voilà, c'est fait. Après il n'y a plus qu'à mettre un sparadrap et ce sera fini. Il vaut mieux ne pas prendre de bain pendant deux ou trois jours.

Le médecin jeta sur un plateau le morceau de chair sanguinolent qu'il tenait au bout de sa pince.

— C'est la poche qui se trouvait dans mon dos ? questionnai-je, est-ce que je peux l'emporter ?

Je l'enveloppai dans un mouchoir en papier que je glissai dans la poche de ma jupe. Quand je remuai le bras, la plaie me fit terriblement mal.

Mais le pire s'est produit au moment où l'incision commençait à se refermer. En me levant un matin, je ne pouvais plus parler.

Au début, j'ai cru à une petite chose sans importance. Par exemple mes amygdales avaient enflé, j'étais mal réveillée, ou c'était un effet secondaire des antiseptiques, il pouvait y avoir toutes sortes de raisons.

Je fis un gargarisme, réchauffai ma gorge, toussai. Puis je jetai un coup d'œil au journal, allumai la télévision et essayai d'appeler Apollo en disant "Viens manger". Mais le son de ma voix ne sortit pas.

Je comprenais la situation dans laquelle je me trouvais, il n'y avait rien de compliqué, j'essayais tout bêtement de dire quelque chose. Mais au moment où je voulais le réaliser, une pression incroyable dominait mon corps, qui m'empêchait même de respirer. Et le "Viens manger" se dissipait dans l'air comme une fumée, ne laissant rien derrière. J'avais perdu les mots.

L'incision dans mon dos suite à l'opération de mon fils devait certainement y être pour quelque chose. Ce fut ma première intuition. Nos deux corps résonnaient en des endroits inaccessibles, et cette résonance avait certainement éraflé ma voix.

Devant le médecin et le phoniatre, je voulus expliquer le processus, mais il s'avéra aussitôt que je ne pouvais pas parler, si bien que je tendis la main vers le marqueur pour utiliser l'ardoise blanche qui se trouvait devant moi. Ils avaient les yeux rivés sur l'ardoise, attendant patiemment l'apparition des mots.

Je voulais qu'ils comprennent ces hasards mystérieux qui s'étaient produits dans mon corps, mais surtout je voulais répondre à leur attente. J'essuyai plusieurs fois mes mains transpirantes avant de reprendre le marqueur et d'en appuyer l'extrémité sur l'ardoise magique. A ce moment-là, je sus que, comme ma voix, mes capacités à choisir et écrire des mots étaient paralysées.

— Vous n'êtes pas obligée de vous forcer, vous savez.

L'infirmière avait posé sa main sur mon épaule pour me ménager. J'avais beau y verser toute mon énergie, au bout de mes doigts ne naissaient que des points noirs.

Ne pouvant en supporter davantage, je dessinai un testicule sur l'ardoise. Avec tellement de facilité que je n'en revenais pas. Puis je sortis de mon sac les deux poches enveloppées dans le coton hydrophile que je posai l'une à côté de l'autre sur le bureau, enlevai les couches de mon fils allongé sur le divan pour montrer sa cicatrice et j'avais déjà à moitié descendu la fermeture de ma robe pour leur montrer mon dos lorsqu'ils m'en empêchèrent.

— Nous sommes au courant. Le service de chirurgie nous a fait suivre le dossier.

— La lésion est parfaitement guérie. Concentrons-nous maintenant sur l'exercice de la voix.

— L'impatience est interdite. Il faut prendre tout son temps. Il n'y a aucun souci à avoir…

Ils disaient tout ce qui leur passait par la tête. Personne n'avait vraiment compris ce que j'avais voulu dire.

A quoi servaient les exercices ordonnés par le phoniatre ? C'était une énigme pour moi. Je ne croyais pas que relier un objet à son nom ou remettre à l'endroit des phrases en désordre me servirait vraiment à quelque chose.

Pas parce que ma fierté était blessée à cause des dessins figurant les objets qui ressemblaient trop à des manga, ni des phrases bien trop enfantines des exercices. Ni même des félicitations exagérées du phoniatre lorsque je donnais les bonnes réponses, mais parce que la cavité qu'il y avait en moi ne se remplissait pas du tout. Les mots écrits sur les cartes éparpillées sur le bureau se contentaient de tourner autour de cette cavité.

Le soir, en rentrant à la maison, j'essayais de m'asseoir devant mes feuillets. J'étais habituée à cette suite de carreaux vides. Je me demandais combien j'en avais remplis jusqu'alors avec des caractères chinois. Un nombre incalculable, certainement, alors pourquoi est-ce que je n'y renonçais pas ? d'ailleurs qu'est-ce que je tentais d'écrire ?

Je tâtonnais ici ou là à la recherche des mots. Dans le tas de notes, le lit de bébé, dans le noir, les vieux disques, les organes, les buissons, les réserves de nourriture, derrière les gencives, sous la couverture d'Apollo… D'habitude, même si cela pouvait parfois me donner beaucoup de peine, il me restait le poids des mots au creux de la main. Mais maintenant, ils ne produisaient plus que des bruits secs et ma paume était vide.

Mon fils qui venait tout juste d'apprendre à se retourner se passionnait pour sa nouvelle occupation. Il roulait sur la queue d'Apollo, lui donnait des coups de pied dans le ventre. Chaque fois, Apollo entrouvrait les yeux d'un air ennuyé, reniflait.

Eux non plus ne parlaient pas. Ici, c'était une lande ouverte, héroïque, où il n'y avait pas de mots. Le vent était trop froid, les rares herbes folles desséchées. Les rots de mon fils comme les éternuements d'Apollo, absorbés par le vent, disparaissaient en un clin d'œil.

En levant les yeux inopinément, je m'aperçois que l'endroit est entouré d'un mur. Un simple mur de pierres irrégulières qui s'empilent à l'infini, qui ne symbolise rien, qui n'a ni portes ni fenêtres. Le vent qui vient s'y cogner en tourbillonnant ne le franchit pas. Le mur continue à se dresser tranquillement.

Je murmure : Aah, ne seraient-ce pas les mots que j'ai écrits autrefois ? Les mots que j'ai inscrits l'un après l'autre à l'intérieur des carreaux sur le papier se sont empilés de cette façon. Et je me rends compte enfin que je me suis égarée par mégarde de l'autre côté du mur.

Les herbes sèches frottent contre mes jambes qui en sont toutes écorchées. Je serre mon fils et Apollo dans mes bras en pensant qu'il faut absolument que je refranchisse ce mur.

Le mur est froid et me tient à distance. Je me retiens du bout des doigts à des petites cavités, et je fais avancer inconsidérément ma main, si bien que des cailloux tombent en pluie sur mes cheveux. Ils entrent dans les yeux de mon fils, lui font mal, et il se met à hurler. Mon corps dérape et tombe dans un monde sans mots.

Dans la salle d'attente du cabinet du phoniatre, j'ai rencontré Anastasia. Je ne sais pas si elle aussi était soignée là, mais en tout cas, elle était dans son habituelle chemise de nuit, sans robe de chambre, et avait à la main son nécessaire à broder.

— Je vous attendais pour vous la donner, vous savez.

Elle a sorti de sa trousse la photographie prise le jour de la sortie de l'hôpital. Mon fils y mordait la coquille de son escargot en bavant. Je joignis les mains sur ma poitrine pour la remercier.

Elle ne se rendait pas compte que je ne pouvais pas parler. A moins que dès le départ ce ne fût pas un problème pour elle. En tout cas, elle continuait à être elle-même.

— Les fils que vous m'avez offerts sont très faciles à broder. Ils glissent bien, tenez, et leur couleur est magnifique.

C'était une sorte de chiffon à meubles. Le A était presque terminé, les vrilles qui l'entouraient venaient d'être commencées. Ses doigts étaient secs comme des branchages et tremblaient chaque fois qu'elle voulait planter son aiguille. Vus de près, les points étaient grossiers et irréguliers.

— C'est seulement pendant que je brode ainsi. Que je peux parler avec ma mère des souvenirs de l'époque où nous étions heureux. Vous avez vu vous aussi sur la photo comme elle était belle ? Si vous saviez combien de fois j'ai pensé comme ça aurait été bien si je lui avais ressemblé plus. Sauf pour la couleur des yeux. Si vous saviez le nombre de personnes qui ont été charmées grâce aux yeux d'un bleu profond que je tiens de mon père…

Elle ne se vantait pas. Elle avait plutôt l'air d'une femme discrète. Sa conversation sautait çà et là et manquait de concision, mais elle était cohérente. En ce qui concerne Anastasia en tout cas.

La prière dans la chapelle, les animaux élevés dans le parc du palais, les jeux avec les enfants du médecin de la cour impériale, les concerts à l'opéra de Saint-Pétersbourg, toutes ces histoires dont elle parlait avec beaucoup de détails étaient pleines de vie.

Alors que je pouvais tout au plus hocher la tête en signe d'acquiescement, incapable que j'étais de poser des questions ou de dire mon avis, elle continuait à parler avec volubilité. Ses descriptions étaient tellement dramatiques et peu communes que plusieurs fois je me surpris à penser qu'elle était peut-être réellement la princesse Anastasia, la seule survivante de la famille des Romanov qui avait été massacrée pendant la révolution russe. Cela ne m'était pas désagréable de le penser.

Même si c'était après avoir utilisé toute mon énergie à comprendre les questions du phoniatre, ses paroles curieusement s'imprimaient aisément dans les cellules de mon cerveau. Peut-être était-ce d'autant plus facile que ses histoires étaient éloignées de moi. Un peu comme si je regardais une vieille vidéo 8 mm sur un écran.

Tout en parlant, elle continuait à faire avancer son aiguille. Les tours qu'ils jouaient aux soldats, l'épagneul king charles qu'avec sa sœur aînée Tatiana elles choyaient particulièrement, le plaisir qu'elle avait à coller dans des albums les photographies qu'elle avait prises elle-même de sa famille, les services qu'elle rendait aux soldats blessés à l'hôpital de la cour impériale… Je me représentais un palais luxueux, soupirais devant le scintillement des joyaux, imaginais la vieille dame que j'avais devant les yeux à l'époque où elle était une jolie petite fille. Tout en faisant cela, je calmais mon fils en le berçant dans sa poussette.

Bientôt, la conversation s'orienta vers la nuit de juillet 1918 au cours de laquelle toute la famille avait été massacrée, comment elle avait miraculeusement échappé à la mort, et sa fuite à travers les pays d'Europe. L'histoire était pénible, mais elle n'hésitait pas et sa voix ne trahissait aucune émotion. Elle ne se départait pas de sa discrétion habituelle.

Son corps était enveloppé de mots. Ceux qui sortaient d'entre ses lèvres étaient enchevêtrés comme des ronces poussant en tous sens, qui l'entouraient avec une telle obstination qu'il n'y avait pas le moindre espace libre. Pour autant, comme si elle n'avait toujours pas confiance, elle ne donnait pas l'impression qu'elle allait se taire de sitôt. Désormais, la silhouette d'Anastasia qui, le dos rond, plantait son aiguille dans le tissu, n'allait pas tarder à être à moitié dissimulée dans les buissons.

On aurait dit un ver à soie dans son cocon. Ou un corps dans son cercueil. Personne ne serait autorisé à forcer cette sévère protection.

— Vous connaissez la signification du mot Anastasia ?

Lorsque je repris mes esprits, elle s'était tue soudain. J'hésitai, avalai ma salive.

— Résurrection, voyez-vous. Revivre. Je me demande s'il existe un nom plus approprié pour moi.

Elle me regardait fixement. Ses prunelles étaient d'un noir profond.

J'enlevai le couvercle de la coupelle, sortis les deux petites poches dissimulées dans le coton hydrophile. Elles avaient considérablement rétréci, comme des fruits secs avariés, mais les traces de sang noirâtre prouvaient à coup sûr qu'autrefois elles avaient fait partie d'un corps humain.

Mon fils et Apollo avaient depuis longtemps déjà plongé dans le sommeil. J'entendais leurs ronflements superposés. Etait-ce bien seulement de l'eau qui s'était accumulée à l'intérieur ? Je réfléchissais en me remémorant le rayon de lumière transparente jaune pâle. J'avais peut-être perdu la source d'où jaillissait les mots ?

Le mur se poursuit à l'infini. Alors que c'est moi qui l'ai bâti pierre après pierre de mes propres mains, maintenant je n'arrive même plus à découvrir le fil qui me permettrait de retrouver le chemin de ma mémoire. J'ai bien plongé la main dans la petite fontaine dissimulée au plus profond de moi, pour en remonter des cristaux de mots afin de m'entourer d'un mur à l'infini.

Le rayon de lumière éclaire l'autre côté du mur. Les mots d'Anastasia me parviennent.

— Résurrection, voyez-vous. Revivre.

Il faut absolument que je retourne à l'intérieur du mur. Il faut que je le regagne, ce cocon qui réchauffe mon corps, ce cercueil qui accomplit le chemin vers la mort.

J'ai avalé les deux poches. Elles sont tombées au fond de mon corps en butant au fond de ma gorge.

Je me suis aperçue que j'étais revenue à l'intérieur du mur un matin, au moment où je posais comme d'habitude sur le sol de la cuisine la pâtée du chien à laquelle j'avais mélangé des rondelles de saucisse.

— Apollo.

Il a dressé les oreilles, s'est précipité vers mes pieds. Au début, ne m'étant pas aperçue que ma voix était sortie de ma bouche, j'ai toussoté pour essayer de balayer l'étrange sensation dans ma gorge. Apollo, ne sachant pas si c'était le signal qui lui permettait de manger a poussé un grognement, un long filet de bave touchant le sol, comme s'il se demandait quoi faire.

— Allez, tu peux.

Cette fois-ci, ma voix était sortie beaucoup plus aisément. Rassuré, Apollo plongea la tête dans sa pâtée.

Je me suis déshabillée pour vérifier l'état de la cicatrice dans mon dos. Mais comme je m'y attendais, elle se trouvait un tout petit peu décalée par rapport à mon champ visuel.

TABLE

BABEL

Extrait du catalogue

1093. MARINA TSVETAÏEVA
Mon Pouchkine

1094. LAURE ADLER
L'Insoumise, Simone Weil

1095. XAVIER HAREL
La Grande Evasion

1096. PAUL VIRILIO
La Pensée exposée

1097. SÉBASTIEN LAPAQUE
Il faut qu'il parte

1098. IMRE KERTÉSZ
Le Drapeau anglais

1099. AKIRA YOSHIMURA
Liberté conditionnelle

COÉDITION ACTES SUD – LEMÉAC

Ouvrage réalisé par l'atelier graphique Actes Sud. Reproduit et achevé d'imprimer en février 2012 par Normandie Roto Impression s.a.s 61250 Lonrai sur papier fabriqué à partir de bois provenant de forêts générées durablement (www.fsc.org), pour le compte des éditions Actes Sud, Le Méjan, Place Nina-Berberova 13200 Arles.
Dépôt légal 1re édition : mars 2012.
N° impr. : 120534
(Imprimé en France)